アーサーの肉厚の舌が口腔に入ってくるのが嬉しくて、
時広はそれを甘噛みしたり吸ったりした。
（本文より抜粋）

DARIA BUNKO

アーサー・ラザフォード氏の純真なる誓い

名倉和希

ILLUSTRATION 逆月酒乱

ILLUSTRATION
逆月酒乱

CONTENTS

アーサー・ラザフォード氏の純真なる誓い

「両親に会ってくれないか」

アーサーにそう言われて、坪内時広《つぼうちときひろ》は「いよいよそのときが来たのか」と背筋を正した。

アメリカ人のアーサー・ラザフォードと恋人になり、ニューヨークの高級アパートメントで同棲生活を始めて二カ月。近づいてきた夏のバカンスのシーズンに、なにをしたいか、どこで過ごすか、夕食後にコーヒーを飲みながら楽しく話し始めた矢先のことだった。

「両親は今半隠居状態でフロリダ州のオーランドに住んでいる。避暑に行く前にちらっとだけ顔を合わせるのはどうだろう？」

ちらっと、というのはどの程度のことだろうか。お茶するだけとか、カジュアルな食事会とか、フォーマルな食事会とか――いろいろある。アーサーがどんな対面シーンを想像しているのかわからなくて、頷《うなず》き方が曖昧《あいまい》になった。

「堅苦しく考えなくていい。身構える必要もない。私のセクシャリティを理解して、変わらぬ愛情を向けてくれている人たちだ。それに、もうトキの写真を見せたと言っただろう？　日本支社に赴任しているあいだに見つけた、最愛の人だと伝えてある」

「……うん、それは以前聞いたけど」

「とてもかわいらしい人だと言ってもらえた。なにも心配はない」

頷いた時広だが、さまざまな心配事が頭に浮かんできて、とてもではないが「楽しみだ」と晴れやかな表情なんてできない。

「実は、私の両親は世界中にいくつか家を所有していてね。家族は——私と兄と妹二人ということだけれど——いつでも使用していいことになっている。ただし、両親のものなので、いつどこの家を利用したいか連絡することが必須となっていて、同伴者がいる場合はどういった関係の人間なのかも知らせなければならないんだ。聞いている？」

「あ、はい」

世界中にいくつか家を所有している、と言ったくだりで、もう時広の心の許容量を超えてしまい、茫然《ぼうぜん》としてしまった。何度もまばたきを繰り返して、なんとか正気を保ちながらアーサーの話を聞き漏らさないように頑張る。

「この夏のバカンスで、私は北欧の家に避暑に行くのはどうかと考えている。もちろん君も一緒だ。その前に、一度両親に会ってもらえたら、紹介するのにちょうどいいタイミングだと思う。どうだろう？」

「北欧の家……」

なんだか別世界の話のようで、まったく現実味がない。アーサーの実家は資産家で、かなり裕福らしい……と察してはいたが、まさかそれほどとは思ってもいなかった。あまりにもびっくりしてしまって、時広はなかなか反応できない。

「ああ、もちろん日本に寄って、坪内家の墓参りにも行くつもりだ。バカンスの最初でも最後でもどちらでもいい。その際、ダイチに会いたいならば、数日のあいだ、日本に滞在してもいいし。私としては日本の夏は避けたいところだが、トキにとっては故郷だからね」

学生時代からの友人である角野大智《かどのだいち》に会うことや、墓参りに行くことまで考えてくれていたなんて、ありがたい。夏の暑い盛りを避けるならば、バカンスのあとで、墓参りだけをするつもりでスケジュールを立てたほうがいいだろう。

それよりも、問題はアーサーの両親に会うことだ。にわかに動悸《どうき》がしてくる。

リビングのソファで並んで座っていた時広の肩を、アーサーが抱き寄せてくれた。

「トキ、なにが心配?」

「その……アーサーは、僕の初めての恋人です」

ついあらたまった口調になった。

「そうだね。そう聞いている」

「だから、恋人のご両親にお会いするのも、初めてなんです」

「そういうことになるだろうね」

「だから、緊張します」

「そう?」

「今から心臓がドキドキして……」

「まだ早いよ」

正直に胸の内を明かしたら、アーサーがクッと笑った。真剣に訴えているのに笑われた。

「僕、冗談で言ったつもりは――」

「わかっている。君が本気だってことは。だってほら」

アーサーの大きな手が時広の左胸に当てられた。Tシャツ一枚越しの接触に、時広はどきりとする。自然と乳首が尖《とが》ってきてしまった。ただ胸に手を当てられただけなのに恥ずかしい反応をしてしまい、時広は耳が熱くなってくるのを感じた。

「すごくドキドキしているのがわかる。君は本当にかわいいな」

「アーサー……」

「こちらに来たばかりのときに言ったと思うが、私も『最愛のパートナー』だと恋人を両親に紹介するのは、これが初めてだ。今まで何人もの人と付き合ってきたが、そこまで深く愛し、かつ信頼できる人はいなかった。緊張するのは君だけじゃない」

たしかにそう言われていた。アーサーほどの人が、今まで両親にパートナーを紹介できていなかったなんて驚きだが、二度も口に出して言うのだから真実なのだろう。光栄に思い、堂々と胸を張って会いに行けばいいのかもしれない。

「愛しているよ、トキ」

「アーサー……僕も……」

「……おや？」

アーサーの手がもぞりと動き、なにかを発見したようだ。Tシャツの下で硬くなっている小さな突起を、掌《てのひら》で転がすようにされた。んっ、と声が漏れそうになり、時広は唇《くちびる》を噛む。

「なにかここに隠しているのか？」

「なにも……」

「おかしいな、引っかかりがある」

アーサーの指がそれを摘まむようにした。ピリッと微弱な電流に似た衝撃が走り、時広は息を呑む。

「これはなに？」

「……………乳首……」

「どうして尖っているんだ？　私は両親に会ってくれと言っただけだ」

「アーサーが、触るから……」

「そういう意図で触ったつもりはない」

「あっ」

ぐりっと指先で押し潰すようにされ、時広は背筋を震わせる。体が芯から熱くなってきてしまい、アーサーの腕に手をかけて止めた。このままだと大切な話を中断してほしくなってしまう。

「あ、あの、アーサー、それで今回はご両親だけ？　お兄さんと妹さんたちは？」

「都合がつかなかったので今回は両親だけだ。兄と妹たちには、いずれ機会をつくって会ってほしいと思っている」

「わかりました」

「ひとつ、トキに伝えておかなければならないことがあるんだが……」

　アーサーの声がいつになく硬いように聞こえた。

「私には子供のころに兄弟同然で育った従弟《いとこ》がいる。リチャードといって、母の妹の子だ。叔母は病弱で、母がたびたびリチャードを預かっていた。すこし年は離れているが、本当の弟のように遊んだり本を読んであげたりしたものだ」

　一人っ子で育ち、近い親戚もいなかった時広にしたら、うらやましい話だ。

「その叔母は現在、私の両親とともにフロリダに住んでいる」

「お元気なんですね」

「温暖な土地でのんびりしているようだ」

「従弟さんは、いまどこに？」

「リチャードはまだ学生で、カリフォルニア州にあるスタンフォード大学に在籍している。研究が楽しいらしく、ここ数年はあまり会っていないが元気にやっているそうだ」

　時広は首を傾げた。アーサーが話の内容にそぐわない、憂いを帯びた表情でいるからだ。

「その従弟さんに、なにか問題でも？」

「問題というか……。私がゲイであることを受け入れてくれていない。リチャードは私が日本から戻ってきたと聞いて、会いたいと連絡をくれているんだが、いまのところ理由をつけて断っている状態だ」

アーサーはカミングアウトしている。そうした反発も覚悟してのことだっただろうが、弟同然の従弟に認めてもらえないのは辛いだろう。

「私を嫌いになったのなら放っておいてくれればいいのに、なにかと会おうとしてきてね。ここに直接訪ねてくることはないだろうが、そのときは会わずに追い返してくれ」

「追い返すの？」

「なにを言われるかわからない。私は君に不愉快な思いをさせたくないんだ」

納得できないながらも、時広はとりあえず頷いた。アーサーの従弟、リチャードとは、いったいどんな人物なのだろうか。それにしても。

「スタンフォード……従弟さん、優秀なんだ……」

世界的にも有名な大学名なので、一般的な感想を言っただけなのだが、アーサーが片方の眉《まゆ》をくいっと上げて目を眇《すが》めた。機嫌を損ねたときの顔だ。

「私はハーバードを出ている」

「えっ、そうだったの？」

天はアーサー・ラザフォードという男に二物も三物も与えたらしい。エリート階級に属する人だとわかっていたが、超有名な大学を卒業しているとは知らなかった。とても優秀だったのだろう。

「すごいな」

素直に感嘆したら、アーサーは笑顔になった。

「まあ、日本と違ってこちらでは大学名よりも学部に重きを置く傾向がある。そこでどんなことを学び、どんな研究をしていたのか。そしてどの教授を師事したのか。ただ在籍していただけで、たいしたことを学んでいない学生もいるからね」

「でもアーサーは真面目に勉強をしていた学生だったんだよね？」

「首席を目指していた」

「結果は？」

「もちろん、首席で卒業した」

どうだ、と言わんばかりの表情に、時広はご褒美のようにキスをした。

「学生時代のアーサー……きっと素敵だったんだろうな。会ってみたかった」

アーサーと時広はふたつしか年が違わない。どちらかがどちらかの国に留学していたら、もしかしたら会えていたかもしれなかった。時広には留学する経済的な余裕などなかったし、ハーバード大学は敷居が高すぎるのであり得ないことだっただろうけれど。

「なにを想像しているんだい？　学生時代の私なんて、今思うと、鼻持ちならない居丈高で嫌なヤツだったよ。自分が優秀だと自覚していて、教授に目をかけてもらっていることをステイタスだと感じていた」

「まさか、アーサーが嫌なヤツだったなんて、そんなことはないでしょう」

だってこんなに優しくて、愛情に満ちた人だ。優秀な人が羨《うらや》まれるのは、ある程度仕方がないことだし。

「トキは私をずいぶんと買いかぶってくれているようだ。君と一緒にいると、私は上等な人間に生まれ変われたような気がしてくる」

「気がしてくる、なんて……。もともとアーサーは上等な人間でしょう？　僕にはもったいないくらいなんだから」

「そんなことはない。君こそ、私にはもったいない、純粋で無垢な心を持った人だ」

アーサーのほうこそ、時広を買いかぶっている。いつでもアーサーにキスしてほしくて、抱いてもらいたくて、服の上から心臓のあたりに手を当てられただけで乳首を尖らせてしまうような体になっている。純粋で無垢な人は、そんな反応をしないだろう。

「僕はそんなに無垢じゃないと思うけど」

「そうか？　たとえばどんなところが？」

「えっ……」

言葉に詰まって、時広は目を伏せた。アーサーは時広がなにを考えて「無垢じゃない」と主張しているか察していて、わざと言わせようとしているのだ。ときどき意地悪になるアーサーを、時広はちらりと控えめに睨《にら》んだ。

「ほら、言ってごらん。どんなところが無垢じゃない？」

「……知っているくせに……」

恨《うら》めしげな呟《つぶや》きは、ちゃんとアーサーの耳に届いたらしい。クスクスと笑って、アーサーはぎゅっと抱きしめてきた。そのままアーサーの膝《ひざ》の上に引っ張り上げられ、抱っこされる体勢にされた。この格好は好きだが、ちょっと危険でもある。軽いスキンシップがすぐに濃厚な愛《あい》撫《ぶ》に移行し、そのままセックスへと雪崩れこんだ前例が山ほどあるからだ。

バカンスの話があまり進んでいない。まだ半月以上もあるので、そんなに急ぐことでもないけれど――。

「トキ……」

アーサーが時広の首筋に顔を埋めてきた。ちゅ、ちゅ、と柔らかな唇が何度も皮膚《ひふ》を吸ってくる。触れられたそこがふわりと熱を孕《はら》み、ゆっくりと広がっていく。

「ボディソープの香りがするね。私が帰宅する前に、シャワーを浴びた？」

「……今日は暑くて、ちょっと外に出たら汗をかいてしまったから……」

「まったく、日本人はきれい好きだな。トキはほとんど体臭がないのに、頻繁にシャワーを浴びるからなにも残らない。私のためを思うなら、シャワーは控えめにしてもらいたい。私はトキの匂《にお》いが好きなんだ」

「でも、その、アーサーが帰ってきてすぐに、そういうことになる場合もあるから、きれいにしておいたほうがいいかと気を遣って、僕は……」

「つまり、帰宅した私がすぐにセックスをしたがっても応じることができるように、体をきれいにしておいたということか？」

「あっ……」

そのとおりだ。しかし自分も欲しがっているという事実を、はっきりと指摘されたくはなかった。恥ずかしすぎる。カーッと首まで赤くなった時広を、アーサーが声をたてて笑いながらまた抱きしめてきた。

「君は本当にかわいいな。では、きれいにしたという体をじっくり見せてもらおうかな」

「えっ？」

ぐるん、と視界が回った。あっというまにソファに寝かされ、アーサーが上に覆いかぶさってくる。腰のあたりにずしりと恋人の重みを受け止めさせられ、身動きできない。でもこの重みがいいのだと、時広はうっとりと両手をアーサーの背中に回しかけ、ハッとした。

「アーサー、バカンスの話は？」

「続きは明日にしよう」

「んっ、でも、あっ……」

Tシャツの中にアーサーの手が入ってくる。さっき布地の上から弄《いじ》られた乳首を、今度は直に触られた。指先でくりくりと転がすようにされ、物足りないような、焦《じ》れったい快感が胸に広がる。もっと痛いくらいに摘まんだり揉《も》んだりしてくれていいのに――。

「あ、んっ、アーサー……」

「なんだい?」

目で訴えてみたが、アーサーは微笑《ほほえ》みながら乳首を優しく撫《な》でるばかり。もう何度も抱かれてあらぬところまで見られたり触られたりしているのに、時広はいまだに愛撫をねだることが苦手だった。どうしても、はしたないと思ってしまうのだ。

「トキ、すごくドキドキしているね。今からこんなに緊張していたら、疲れてしまうよ」

平らな胸を鷲掴《わしづか》みにするように揉まれて、時広は「んっ」と鼻から甘い呻《うめ》きを漏らす。今のドキドキは、両親に会うことを考えたせいじゃない。アーサーにセックスを仕掛けられているからだ。そんなことわかっているだろうに、アーサーは時広の鼓動の激しさを緊張のせいだと言う。

「ほら、リラックスして」

「あんっ」

Tシャツがめくり上げられ、もう片方の乳首にアーサーがキスをしてきた。舌で舐《な》められて、ズキンと股間が痛いほどに熱くなる。けれどやはりソフトな愛撫に終始していて、時広はすぐに物足りなくなった。

「アーサー、もっと……」

「もっと、なに?」

さっきもそうだが、どうしてか、アーサーは時広にいろいろと言わせたがる。我慢できなくなって時広が泣きそうになりながら卑猥《ひわい》な言葉を口走るのを、楽しそうに見ているのだ。本当に意地悪だと思うが、それでアーサーを嫌いになったりはしない。

そもそも口にした言葉はすべて時広の望みだ。

「ここが、硬くなってきたね」

「んんっ」

ゆさっ、とアーサーが腰を動かした。重なった下腹部が擦《こす》れあい、衣服の下で充血し始めているおたがいの性器が、ぐりっとぶつかって刺激しあう。一気に全身の熱が上がり、時広は喘《あえ》いだ。

「アーサー、お願い……」

「なにをしてほしい?」

「ち、乳首……」

「うん?」

「乳首を、もっと、弄って……」

言ってしまってから、時広は恥ずかしさのあまり涙目になった。

（また言っちゃった……）

けれど弄ってほしいのは本当だから、言わせたアーサーだけが悪いわけではない。

するとアーサーが無言で胸にキスをしてきた。あらためて乳首に吸いつき、歯を当ててくる。

敏感な乳首は固い歯に刺激されて、甘い痛みを生んだ。

「あ、んっ！」

背中をのけ反らせて、時広は快感を訴える。もう片方の乳首は指先で捏《こ》ねるように弄られたあとに引っ張られ、時広は激しく喘がされた。

「あ、あっ、やだ、そんな、ああっ」

両方の乳首をきつく嬲《なぶ》られて、時広は早くもいきそうになっている。下着の中で、張り詰めた性器がもう濡れていた。ウエストがゴムのハーフパンツを穿《は》いていたのは、アーサーの手が入りやすいようにと考えたからではない。けれど結果的にはそうなった。

「ああっ」

下着の中にするりと入りこんできた手に股間を鷲掴みにされ、時広はびくびくと腰を震わせる。アーサーの大きな手に包まれた性器は、どっと先走りを溢《あふ》れさせて下着もアーサーの手もびしょ濡れにした。

「トキ……もうこんなに濡れて」

感激したようなアーサーの声に、時広はまた少し泣いた。恥ずかしすぎる。けれど濡れてしまう体をコントロールすることはできなかった。

ときどき自分はとんでもない淫乱なのではないかと思う。アーサーに体を弄られると、もうセックスのことしか考えられなくなり、なにもわからなくなるほどに感じて貪欲に求めてしまうのだ。

「ご、ごめんなさい、どうしても、そうなっちゃう……」

「私の手がすごいことになっているよ」

アーサーの手が上下するたびに、そこはぐちゅぐちゅと粘着質な音をたてている。気持ちよくて陶然としながらも、時広は「ごめんなさい」と繰り返した。アーサーは謝らなくていいと言うが、どうしても申し訳ないと思う。

「きれいな手が、汚れちゃう」

「君のカウパー腺液が汚いわけがないだろう」

「でも、でも……っ」

つぎつぎと体液を溢れさせている先端の部分を、アーサーが指先でぐりっと刺激した。とたんに射精感がこみ上げてくる。

「あ、あ、だめ、もう……っ！」

「もういきそう？」

時広は焦《あせ》りながら頷いた。「まだ我慢して」とアーサーが囁《ささや》きながら、時広のハーフパンツ

を下着と一緒にずり下ろした。両脚を広げさせられ、こうこうと灯《あか》りがついたリビングですべてをさらけ出すことを強《し》いられる。

羞恥《しゅうち》のあまり、全身が真っ赤になった。リビングのソファで行為に及ぶのは初めてではないが、時広はいつまでたっても慣れなかった。

「アーサー、見ないで」

「どうして？　トキのここは、とてもきれいだ。髪と同じ色の黒々とした艶やかなアンダーへアと、ピンク色の濡れたペニスの対比には、見惚《みほ》れるばかりだよ。ほら、ここは、私の愛撫を欲しがって、もう緩んでいる」

「あ……あうっ」

指が後ろに入れられた。アーサーが言ったとおり、そこは愛撫を欲しがってさっきからずっと疼《うず》いていた。異物の挿入を喜んで受け入れている。指がぬめっているのは、性器から溢れた先走りの液をまとっているせいだろう。

アーサーの指は的確に時広のそこを解していく。粘膜を擦り、襞を伸ばすような動きをされ、時広は胸を反らして喘いだ。気持ちいい。性器で得る快感とは違う種類の心地よさに、時広は慣らされてしまった。そこで快感を得ることを教えたのは、アーサーだ。

なにも知らなかった時広の体は、ゆっくりと時間をかけてアーサー好みの体に作り替えられた。それを喜びこそすれ、悔やんだことはない。アーサーがこの体で性の快楽を得ることができるのならば、時広はいくらでも与えたかった。

「ああ、もう、アーサー……きて……」

「トキ……」

こくり、とアーサーの喉《のど》が動く。飢《う》えた獣《けもの》のような目になっていたアーサーは、手早く自分の服を脱ぎ、ソファの下に投げ捨てた。時広の脚を両脇に抱え、そこに強直の先端をあてがう。

「アーサー……っ」

ぐっとめりこんできた先端の丸みが、時広の柔らかな粘膜を広げ、抉《えぐ》り、奥へ奥へと入ってくる。挿入時の違和感はなかなかなくならない。けれど愛する人と体を繋《つな》げるためには仕方がないことなのだ。

「ああ、トキ……」

アーサーが動きを止める。すべてを時広の中におさめたのがわかった。どくんどくんと、下腹部から自分以外の鼓動が響いてくる。不思議な感覚だ。

自分の中に、アーサーがいる。それが、とても嬉しい。

接合部分が疼いた。早く動いてほしくて、尻がもぞもぞと落ち着かない。

「アーサー……」

「トキ、愛しているよ」

熱っぽく囁かれて、後ろがキュンと切なく収縮する。アーサーがふっと笑った。

「私が欲しいか?」

うん、と頷くと、アーサーがゆっくり動き始めた。頑丈な造りのソファがぎしりと鳴る。

「もっと焦らすつもりだったが、だめだ……。ああ、トキ……私は君に夢中だ……」

「あ、んっ」

荒々しく唇を塞《ふさ》がれ、情熱的に口腔をまさぐられる。舌を絡められて甘く噛まれながら、強直で感じる場所を抉られた。頭が真っ白になるくらいの快感に襲われて、なにもわからなくなる。

「トキ…!」

激しく腰を打ちつけられ、快感のあまり泣きながら時広はアーサーにしがみついた。何度も「愛している」と言ったような気がする。「もっとして」とか「死んじゃう」とか、呂律《ろれつ》が回らない舌で喘ぎの合間に口走った覚えもある。

そして最後には、がくがくと全身を痙攣《けいれん》させながら、アーサーに痛いほどきつく抱きしめられて絶頂に達した。気が遠くなる中で、アーサーの迸《ほとばし》る情熱を体の奥で受け止め、時広はそれを幸せだと呟いたのだ——。

◇◇◇

オフィスに出勤し、自分に与えられた個室に入ると、秘書のエミー・ガーネットがすでに来ていた。

「おはようございます、ボス」

「おはよう」

エミーは白いシャツにタイトスカートという、いつものファッションで、壁際に置かれたデスクにつき、ＰＣを立ち上げている。

薄い壁越しに、周囲に並ぶ個室のざわめきがわずかに聞こえてくる。静かな朝の風景だ。

アーサーは窓を背にした自分のデスクにつき、メールチェックをするためにＰＣを立ち上げた。目でＰＣの画面上の文字を追いながら、アーサーは昨夜の時広を思い出す。

（かわいかった……）

明るいリビングでセックスすることになかなか慣れない時広は、快感に我を忘れるまでずっと恥ずかしがる。それをわかっていて、アーサーはときどきあえてリビングで仕掛ける。

恥ずかしそうに肌を赤く染める時広は、素晴らしく色っぽい。何度抱いても飽きない。

初めて時広を抱いてから十カ月ほどになるが、まだセックスに羞恥を感じるなんて、時広はなんて奥ゆかしい人だろうか。

「ボス、なにを考えているんですか？」

エミーの厳しい声が飛んできて、アーサーはギクッとする。

「恐ろしいほど顔がだらしなく弛《ゆる》んでいましたよ。ここは会社です。仕事をしてください。どうせトキのことを考えていたんでしょうけど」

エミーは辛辣《しんらつ》だ。だが、顔がだらしなく弛んでいたのは本当だろう。ひとつ咳払《せきばら》いして、アーサーは背筋を正した。

「仕事はちゃんとしている」

「あたりまえです」

ツンと不機嫌そうにそっぽを向いたエミーは、おそらくアーサーが時広にまた無茶をしたと想像しているのだろう。愛情が行きすぎて抱き潰してしまったことが実際に何度かあるだけに、その心配が杞憂《きゆう》だと言えないところが困る。しかし昨夜はそれほど励んでいない。時広は感じすぎて意識を飛ばしそうになっていたが――。

エミーは時広が好きだ。もちろんＬＯＶＥではなくＬＩＫＥで。もともと親日家のエミーは、時広のおとなしい性格とコンパクトな体型を一目で気に入り、親身になってあげていた。アーサーが時広を恋人にしてしまったときは、大切にしろ、泣かしたら容赦しないと姉のように口うるさく言ってきたものだ。

「そういえば、君も夏のバカンスには日本へ行く予定だったな」

「行きますよ」

キーボードを叩《たた》いていた手を止めて、エミーがこちらを見る。ハリウッド女優ばりの美貌《びぼう》を縁取るプラチナ寄りのブロンドは、今日も見事に波打ち、背中を半ばまで覆っていた。

おそらく、ほとんどの男が理想とするような抜群のプロポーションを誇るエミーだが、残念なことに現実の男に興味を示さない。それを知ったのは、つい最近だ。

「なんというのだったか……コミック…なんとかに、行くのだろう？」

「夏と冬の恒例行事です。外せません」

キラッと目を光らせて宣言するほどのことなのかどうか、アーサーは知らない。だがエミーがプライベートの情熱をすべてそれに傾けているらしいので、触らぬナントカで関知しないことにしていた。ビジネス上のパートナーである秘書の機嫌を損ねて反乱を起こされては、仕事に支障をきたすからだ。

「ボスもトキと日本に？」

「盆の墓参りだ。今からあの暑さを想像するとげんなりするが、仕方がない。トキを一人で行かせるわけにはいかないからな」

時広を恐怖のどん底に突き落とした元同僚のストーカー男が、今どうなっているのか、アーサーは知らない。刑務所に収監されたらしいが、いつ出所するのか、もしかしてもう出所したのか、知りたければ自分で調べるしかなかった。日本の警察は、被害者に加害者の近況を教えてくれないらしい。

ほんの数日、墓参りに行くくらいなら大丈夫だろう、と思っている。片時も離れるつもりはないし、時広にはもう屈強な恋人ができたと知ったはずだ。下手にちょっかいを出そうとすると、ひどい返り討ちに遭《う》うと身をもって学んだに違いない。

時広の情緒も安定している。NYに来てすぐ、アーサーの同僚であるケビン・ドーキンスに突撃訪問されて動揺したことがあり、かつての不安定な時期に戻ってしまうかと危惧《きぐ》したが、そんなには引き摺《ず》らなかった。アーサーが根気強く愛を囁き続けた結果、正しい愛の形を知り、アーサーを信頼してくれているからだと自負している。

いまだにおのれへの自信が足らないのが、もどかしい。

時広は稀有《けう》な存在だ。いくら言っても本人は首を傾《かし》げるが、心が純粋で、清らかだ。もっと自信を持ってもらいたいが、これればかりは持って生まれた性格によるところが大きいので、そう簡単には変わらないだろう。

「どうして日本の夏はあんなに暑いんだろうな」

本音がうんざりとした口調となって口から零《こぼ》れた。エミーが苦笑する。

「ボスは夏の暑さが苦手ですからね。日本での墓参りは別として、どこかへ避暑に行きますか？　昨年はバカンスに出かける余裕がありませんでしたが、その前はカナダの別荘に出かけたと記憶していますが」

「今年は北欧まで足を延ばそうかと思っている。たしかノルウェーに母が所有する家があったはずだ」

「あら、北欧にも別荘があるんですか。優雅ですね。羨ましい」

口ほどには、富裕層を羨む表情はしていない。彼女にとって、世界中に家があることは、たいして意味がないのだろう。かつて付き合った男たちの大部分は、ちらりと別荘の話題を出せばとたんに「ほかにどの国にあるのか」とか「全部でどのくらいの資産になるのか」とか、食いついてきたものだ。

だがエミーは興味がない。猛暑の日本で行われる行事のことで頭がいっぱいのようだ。だからこそ、アーサーは気楽にこういう話ができる。

昨夜の時広も、あっさりとした反応だった。彼が好きなのは自分であって、資産ではないとわかる。時広に出会えて、本当によかったと、心から思った。

「以前、別荘に誰かを連れていくときは、ご両親に紹介しなければならないと言っていませんでしたか？」

「よく覚えているな。そうだ」

「では、とうとうトキを紹介するんですね」

エミーが生き生きと目を輝かせた。そこになぜ急に食いついてくる？

「紹介するつもりだ。日本に行く前に、フロリダにいる両親のところへ連れていく。その話を、昨夜、トキにしたばかりだ」

「どんなふうに紹介するつもりですか。最愛の人とか、生涯のパートナーとか、ですか？」

だからなぜここで頬《ほほ》を紅潮させる必要が？

「すでにトキの写真を送ってある。私の最愛のパートナーだと言ってね。とてもかわいらしい人だと返事をもらった」

「Ｏｈ……」

エミーは両手で口を覆っている。こころなしか、目が潤《うる》んでいるような……？

なぜか感動しているエミーが不可解だったが、勘が働いてあえて追及せずに放っておくことにした。ＰＣに向きなおりマウスの上に手を置いたが、目の前の画面にぼんやりと浮かび上がるのは時広の顔だ。

昨夜、時広はアーサーの両親に会うと考えただけで緊張すると言っていたが、まったく心配はない。

両親はアーサーが子供のときから一人の人間として尊重してくれ、趣味嗜好《しこう》に口を出すことはなかった。進路も自由に決めさせてくれた。十八歳のときにゲイだとカミングアウトしたが、そのときも驚きはしていたが、理解を示してくれた。クリスマスに帰省するたびに、決まった恋人がいるなら会わせてほしい、と言われていた。会わせたいのはやまやまだったが、それほどまでに関係を深めて、胸を張って紹介できる恋人が今までできなかったのだ。息子がなかなか信頼できるパートナーと巡り合えていないことを、両親は気にしていた。

やっと両親に恋人を紹介できる。両親は時広を気に入るだろう。

（ただ問題は……リチャードだ）

従弟のことを考えると、少し憂鬱《ゆううつ》になる。

時広に、最初に家族に会ってほしいと言ったのは、NYに来て間もないころだった。——それを聞きつけたリチャードから「なぜ、そいつなんだ」と攻撃的なメールが届いたのだ。時広の写真を見て、「なんだよ、こいつ。アートにはふさわしくない」と言い切った。

リチャードは、アーサーのことをアートと呼ぶ。アートはアーサーの一般的な愛称で、子供時代には両親もそう呼んでいた。成人してからも使い慣れているからと愛称を日常で使用する人もいるが、アーサーは子供っぽいと感じてやめてもらった。

だがリチャードはアーサー本人の意向を無視して、いまだにアートと呼ぶ。自分のこともリックと呼べと強要するくらいだ。五つも年が離れているからだろう、リチャードはアーサーを完璧な大人の男だと崇拝に近い思いを抱いているふしがある。

アーサーとしては、はなはだ迷惑だ。新興宗教の教祖になるつもりはまったくない。自分は完璧とは程遠い普通の生身の人間であって、従弟に崇《あが》め奉《たてまつ》られる存在ではないのだから。

（思い起こせば、私がカミングアウトしたとき、リチャードは怒っていたな……）

両親が受け入れてくれたので、五つも年下で当時まだジュニアハイスクールに通っていた従弟の癇癪《かんしゃく》を、アーサーは重要視していなかった。

（たしか、『アートがゲイなんて嘘《うそ》だ』とか、『間違っている。正しい道を行かなくちゃダメだ』とか……）

　リチャードが思い描く完璧なアーサーは、ゲイであってはいけなかったのだろう。

　その後、アーサーはハーバード大学の寮に入るため、実家を出た。年に数回しか会わなくなった従弟が、どんな葛藤《かっとう》を胸に抱きながら成長していったか、そばで見ていない。スタンフォード大学で勉学に励んでいると両親から聞き、そうか、そんな年になったのか、と思っただけだ。

「エミー、仕事中にすまないが、ひとつだけ質問してもいいか？」

「なんでしょう？」

　ＰＣに向きなおっていたエミーが顔を上げる。

「ビジネスに関することではないのだが」

　一応、そう断りを入れる。エミーは苦笑しながら、「どうぞ」と頷いた。

「構いません。なにか気にかかることがあるなら、言ってください。トキのことですか？」

「いや、少し関係はしているが、兄弟のことだ」

「兄弟？　ボスにはお兄さんがいましたよね。そのことですか？」

「私と兄は、特に仲が良いというわけでもなく、かといって悪いわけでもない。カミングアウトした時は理解を示してくれたし、離れて暮らしているのであまり会えないが、会えば和やかに近況を報告しあう。しかし、兄のプライベートに踏みこむつもりはない。もちろん助力を求められた時は別だ。できるだけのことをして兄を助けるだろう。兄弟とはそういうものだと両親に教えられた」

「理想的な距離感です」

「君には兄弟姉妹がいるか？」

「姉と妹がいます」

「ほう、三姉妹の真ん中か」

「親が無関心になる位置ですね。ですが、私にはとても居心地のいい環境でした。下手に干渉されないほうが、自由に過ごせて気が楽です」

「そうか。現在の姉妹との関係はどうだ？」

「私も、とくに悪くも良くもないです。それぞれ結婚して家庭を持っていますし、両親は健在ですのでたまに実家で会う程度です」

「つまり独身は君だけなのか。それについてはなにか口出しをしてこないのか？」

「……ボスのお兄さんが、トキについてなにか言及してきたということですか」

「いや、兄ではない。従弟だ。弟同然に育った従弟が、私に対して少し執着しているようでね。もっとドライに対応してもらいたいのだが——トキが気に入らないようだ。できるなら会わせたくないと思っている」

「それがいいですね。トキにいらぬ心労を与えてはいけません。従弟の理解を得られたら一番いいですが、そう簡単にはいかないのが人の心というものです。ボス、トキを守ってください」

「もちろん、全力で警戒にあたるつもりだ」

アーサーにメールや電話で抗議してくるだけなら、まだいい。だがリチャードも大学が夏休みに入っている。まさかアーサーと時広に会うためだけにNYまで来ないだろうが、もし来てしまった時はどうするか——と、アーサーはリチャード対策を考え始めた。

◇◇◇

時広はカフェの椅子に座って、ぼうっと道行く人たちを眺めていた。

通り過ぎていく人たちの服装は露出が激しく、夏を実感する。タンクトップ一枚で豊満な胸の谷間を晒《さら》している女性が通りかかると、時広はぎこちなく視線を逸《そ》らしてしまう。まだ慣れなかった。

ニューヨーク大学があるこの近辺もどこか浮かれているような空気が漂っている。以前来たときよりも人が少ないように感じるのは、学生たちも夏休みに入ったからだろうか。

大学は学部によっては完全に休みになることはないと聞いている。細菌やウイルス、生き物を扱っている研究は、世話が必要だからだ。カフェの前を通っていく人たちは、そういった学部に関わっているのだろうか。

「トキ、悪い、待たせた」

　隣の椅子にドサッと音をたてて腰を下ろしたのは、NYに来てから友達になった日本人留学生の伊藤祐司《いとうゆうじ》だった。走ってきたのか、紺色のTシャツには汗染みが広がっていて、形のよい額《ひたい》には汗が滲《にじ》んでいる。

「そんなに待っていないよ。慌《あわ》てて来なくてもよかったのに」

「うん、でも、トキはいつも時間に正確だから……」

　ふう、とひとつ息をつき、肩にかけていたリュックからタオルを引っ張り出し、顔を拭いている。

「買ってきてあげるよ。いつものコーヒーでいい？」

「ありがと」

　時広はウッドデッキから店内に入り、カウンターで待ち構えていた店員に祐司のコーヒーを注文した。日本で育った日本人なら夏はアイスコーヒーだろうが、アメリカにはほとんどない。一年中、淹《い》れたての熱々コーヒーだ。小さなトレイに置かれたカップを、時広は祐司のもとへと運んだ。

「はい、どうぞ」

「サンキュー、喉が渇《かわ》いたー…って、熱いな……」

コーヒーを一口飲み、祐司は舌をべろんと出す。時広はそんな祐司の愉快な顔に、クスクスと笑った。

「キンキンに冷えたアイスコーヒーが飲みたいぜ……」

「だよね。でもこれはこれで体にはよさそうだけど」

「胃には優しいが、火照《ほて》った体には優しくないよ」

あーあ、と祐司はあらたに噴き出た額の汗をタオルで拭った。

「それで、バカンスにはどこへ行くか決まったわけ？」

「うん、だいたいは。ノルウェーにある別荘だって」

「へぇ、さすが金持ちはスケールがデカいな。北欧か。俺、行ったことないよ。まあ、行ったことがない国のほうが多いんだけど。ノルウェーのどこにあるんだ？　海岸線とか、山の中とか、場所によって過ごし方が違うだろう？　観光したり、ボート遊びしたり、釣りしたり、するのか？」

そんなことまで、まだぜんぜん考えていなかった。聞けばアーサーは答えてくれるだろうが、時広は気持ち的にそんな余裕がない。バカンスとは別に、これまでの短い人生において最大ともいえるイベントが控えているからだ。

「で、バカンスに出かける前に、アーサーの親に会うんだろ？」

メールでそのことは祐司に伝えていた。時広は今から緊張してしまい、どうしよう、と困惑している気持ちを正直に綴《つづ》ったのだ。

「今から緊張してドキドキするのはトキらしいけど、そんなの、アーサーに任せておけば大丈夫だろ」

「どうしてそう言い切れるんだ？」

アーサーと祐司は一度しか顔を合わせたことはないはずだ。まるで時広よりもずっとアーサーのことを知り尽くしているような言い方だった。

「あの人は、勝算のない戦いはしない主義だと思う。トキのことを大切にしているから、たとえ両親でもトキを傷つけるような発言は許さないだろう。トキを連れていって紹介すると決めたのなら、アーサーの両親はすでにトキの存在を認めていて、歓迎してくれるってわかっているからだ。心配しなくても大丈夫だよ」

きっぱりと祐司は言い切った。時広のほうが唖然《あぜん》としてしまうくらいだ。

「……勝算のない戦いはしない……？」

「だろう、きっと」

そうかもしれないけど——と時広はしばし考えこむ。

どうしてそこまで祐司はアーサーのことを理解しているのか、不思議だ。ちょっと妬《や》けてしまう。一番そばにいるのは自分だ。アーサーに関して、鈍すぎるのだろうか。もしかして、近すぎてよく見えていないのだろうか。けれど離れて客観的に観察する機会を設けようとは思えない。時広はいつだってアーサーの横にいたいのだ。

　ふと、昨夜から引っかかっていることも、祐司に話してみたくなった。

「アーサーには従弟がいるんだけど……。まだ学生で、リチャードっていう名前の。昨夜、アーサーに、もし訪ねてきても追い返せって言われた」

「追い返せって言ったのか？　アーサーが？」

「そう。なんか、アーサーがゲイであることを受け入れてくれていないらしい。アーサーは僕に不愉快な思いをさせたくないって言った。リチャードはアーサーと付き合っている僕のことも嫌いなんだ……会ったこともないのに」

　具体的に考えると、ずんと気分が沈んでくる。俯《うつむ》いた時広の肩を、祐司が軽く叩いた。

「まあまあ、そんなに深刻に捉えないで。たとえ男女のカップルだとしても、相手が気に入らなくて家族の反対に遭うことって珍しくないから、そんなに落ちこまなくてもいいと思うよ」

「そうかな……」

「そうだよ。トキはアーサーだけを信じて、任せておけばいい。時間が解決することだってあるし」

「時間が？」

「アーサーとトキの付き合いをリチャードが反対していたとしても、二人が何年も仲睦《なかむつ》まじく暮らしていたら、認めざるを得ないって感じになるかもしれないじゃない」

何年も仲睦まじく——。それは時広の願いでもある。

アーサーが許してくれるなら、いつまでもそばにいたい。アーサーがまたどこかの国の支社に赴任することになっても、ついていきたいと思っている。

時広の生活は、アーサーを中心に回っているのだ。

「バカンス期間中には、日本にも当然行くんだろ？」

「あ、うん、墓参りにね。お盆くらいは手を合わせに行ったほうがいいかな…と思っていたら、アーサーが提案してくれて」

「わざわざパートナーの家の墓参りをスケジュールに組みこんでくれるなんて、アーサーはいい人だよな」

「すごくいい人だと思う。僕は幸せ者だ」

「うわ、堂々と惚気《のろけ》たよ、この人」

祐司が苦笑いする。時広が構えずにさらりと惚気られるのは、長いつきあいの大智以外では、祐司だけだ。自慢の恋人のことを、こんなふうに言える日が来るなんて、孤独な日々に欝々としていたころは想像もできなかった。

「それで、そろそろ英会話教室について話し合いたいんだけど、ＯＫ？」

祐司がさりげなくノートを広げてペンを手に取ったので、時広も慌てて膝に置いていたショルダーバッグから手帳とペンを出した。

バカンスから戻ったら、いよいよ日本人留学生相手の英会話教室を始めることになったのだ。留学生のまとめ役は祐司。時広は教師として、祐司が集めた生徒たちのところへ赴く形にすると決めてある。

「今のところ、参加希望者は俺を入れて四名。問題は、それぞれアルバイトやレッスンがあって、空いている日時がバラバラなんだ。英会話の勉強のためには、トキと一対一のほうが効果はあるだろうけど、前にも言ったようにみんな生活に余裕があるわけじゃないから、個別レッスン料は払えない」

「そうだね、そこがネックになるかな。だから今から希望者にお願いしておきたいのは、アルバイトのシフトなんかを各々で調整してもらって、少なくとも二人、できれば三人くらいで一度にレッスンできるようにしてほしい」

「伝えておくよ。そのレッスンだけど、チケット制にするのはどうかな」

「チケット制？　レッスン一回でチケット一枚にして、先払いにするってこと？　でもそうすると、みんなお金に困るんじゃない？」

「甘いことを言ってると、踏み倒される恐れがあるんだよ」

祐司が苦笑いして、コーヒーを一口飲んだ。

「トキ、間違ってもタダ働きはしちゃダメだぞ。みんな生活がギリなのはたしかだけど、英会話レッスンは必要だと思って、参加希望している。有料なのもわかっている。でも、後払いにすると、絶対に『今は持ち合わせがないから、またあとで』とか言って逃げたり、レッスンの効果が出てきて言葉に不自由しなくなった段階で音信不通になったりする可能性が高い」

「そんなこと……」

「絶対にないとは言いきれないんだ」

冗談ではなく、祐司は真剣に忠告してくれていた。

「日本だったら、みんな、そんなことはしないと思うよ。でもここは、日本じゃない。アメリカだ。NYなんだ」

それだけ要領よく、ときにはずる賢く逞《たくま》しくすり抜けていかないと、外国では生きていけないということだろうか。

「チケットを十枚とか二十枚とか、セットでたくさん売る必要はない。せめて三枚とか、五枚とか、そのくらいでいいんだ」

まだ一回のレッスン料をいくらにするかは決めていないが、一人につき最低でも一時間五ドル程度を取るとして、三回分十五ドルを前払いできないくらいなら、信用できないと祐司は言った。

完全に納得したわけではなかったが、ここでの生活が時広よりも長い祐司の意見を聞いて、チケット制を取り入れることにした。

それから、細々としたことを話し合って決めた。ドタキャンがあった場合はどうするか、逆に時広の都合が悪くなったときはどうするか、レッスンの場所は祐司の部屋でいいか、夜間になってしまった場合は祐司が時広を送迎してくれることまで。

時広はまだ祐司の部屋に行ったことがない。イーストビレッジ地区の物件で三人とルームシェアしており、そのうち一人が日本人とだけ、以前聞いた。

「特にうるさくしなければ、外から人を入れても大丈夫。ほかの三人には了承を得てある。俺の英語が下手なのはみんな知っているから、頑張ってレッスンしろと励まされちゃったよ」

あははは、と笑っている祐司は、ヤル気いっぱいだ。よほど言語によるコミュニケーションが不十分だと感じているのだろう。

祐司は時広と二人で話しているとき、日本語オンリーになっている。本当なら、こうした日常会話をこそ英語でしてみて、そのつど発音や文法を指摘していくほうが身につくと思うのだが、祐司はあくまでも「タダ働きはだめ」というスタンスだ。そして「一対一のレッスン料は払えない」と譲らない。とても正直で頑固な日本男児なのだ。

そういう時広も、祐司と日本語で会話しているとホッとするところがあるので、こうしたお喋《しゃべ》りが息抜きになっている。時広が祐司と頻繁に会っていることに対して、あのアーサーがなにも言わないのは、そうした時広の気持ちがわかっているからだと思っている。

「レッスン開始がバカンス後になってしまって、ごめんね」

きっと、もっと早く開始したかっただろう、と謝ると、祐司はまた笑った。

「なに言ってんの。アーサーが楽しみにしているバカンスだろ。俺たち日本人からしたら、何週間も仕事を休んで遊びに行くのって、なんて贅沢《ぜいたく》で優雅なんだろうって思うけど、とくに珍しいことじゃない。彼氏の両親に挨拶《あいさつ》するっていう大イベントも待ち構えているんだし、英会話教室のことはいったん忘れて、楽しんできてよ」

そう言ってもらえると気が楽になる。アーサーの両親に会うことを考えると、気は重くなるが。

カフェを出た二人は、地下鉄に乗ってアーサーと時広が住むアパートメントがあるミッドタウンイーストまで移動した。そこにある日本食スーパーマーケットで買い物をしたいからと、帰宅する時広に祐司がついてきたのだ。

ＮＹのマンハッタンには日本食スーパーがいくつもある。日本食が定着しつつあることと、ビジネス関連で日本人が多く住んでいるせいだろう。その中でも、品揃《しなぞろ》えの点で祐司が贔屓《ひいき》にしているのが、ミッドタウンイーストにあるスーパーだった。

時広と祐司が出会ったのも、そこだった。

「ついでに僕も買い物していこうかな。そろそろ醤油がなくなりそうなんだ」

二人並んでスーパーへと向かっていると、不意に、目の前に一人の長身の男が立ち塞《ふさ》がった。思わず見上げた先には茶褐色の短い巻き毛と同色の瞳があり、鷲鼻気味の大きな鼻とがっしりとした顎《あご》が時広に向いていた。奥二重の目が、まさに睥睨《へいげい》という表現がぴったりとくる目付きで睨み下ろしてきている。

恐怖を感じ、ぞくっと背筋に悪寒が走った。時広は反射的にぎゅっと両手を握りながら、一歩、二歩と後退する。

男の身長は二メートル近いのではないだろうか。アーサーよりも高い。無地の白いTシャツを着た胸は発達した筋肉で盛り上がっており、腕も逞しい。まだ若く見えた。目付きはともかく、その雰囲気にはさっきまでいたニューヨーク大学の周辺でよく見かける、学生のようなカジュアルさがある。その分、なにをするかわからない無鉄砲さも感じた。

「あの、なにか？」

祐司が時広を庇《かば》うように半歩だけ前に出て、長身の男に訊《たず》ねた。偶然、道を歩いていて進路を塞いでしまった、という感じではなかったからだ。

男は答えずに、ただじっと時広を睨みつけている。時広は気圧《けお》されるように顔を伏せた。怖い。膝が震えそうになっている。暑かったはずなのに、体が冷えていく――。

自分よりも体の大きな大人の男に迫られると、なにもされていないのにいまだに恐ろしいと感じる自分に、ショックを受けていた。

「知り合い？」

小声で祐司が聞いてくるのに、時広は首を横に振って「見覚えない」と答える。

「もしかして、またアーサーの元カレとか？」

「……わからない……」

その可能性はなくはないが、アーサーの元カレと判明したからといって、時広が有効な対抗策を繰り出せるわけではない。もし暴力に訴えられたら勝ち目がないのは明らかだ。今いる場所からアパートメントまでは距離がある。ドアマンのエリックに助けを求めるには遠かった。

「あんた、トキだろ？」

ぎくっ、と全身を震わせて、時広は肯定してしまった。

「アーサー・ラザフォードと一緒に暮している日本人は、あんただな？」

「だったらなんだって言うんだよ」

言い返したのは祐司だ。男は祐司を眇めた目で見下ろす。

「おまえに用はない。引っこんでいろ」

「トキは俺の大切な友達だ。トラブルに巻きこまれそうになっているのに引っこんでいられるか」

「下手くそな英語だな。もっとちゃんと発音しろ。基本的な文法わかってんのか？」

「うるせぇ！　こっちはネイティブじゃないんだ。仕方がないだろう。そっちこそ、デカイ図体してるが頭に脳みそちゃんと入ってんのか？　人を訪ねてきたなら、それなりの態度ってもんがあるだろ！」

「だからまず確認しているだろうが」

「それがただの確認っていう態度かよ。ケンカするつもりなら、こっちも考えがあるぞ」

「なんだと、この野郎」

祐司が少ない語彙《ごい》を駆使して口ゲンカをしているのは、時広を庇うためだ。時広は尊敬のまなざしで見てしまう。

そこではたと気づく。欧米人からしたら、アジア人の顔は目立った特徴がなければ判別が難しいと聞く。祐司と時広の顔立ちは、身近な人たちからしたらまったく似ていないが、同じ黒髪で黒い瞳で黄色い肌をしていて、身長差は十センチあるが細身で共通点は多い。時広がメガネをしているくらいが、違いといえば違いか。

それなのに、この男は最初から時広だけを見ていた。祐司には無関心だったのだ。

（この人、僕を知っている……ってこと？）

事前に時広の顔を知っていて――それだけじゃなく名前と住み処《すみか》まで把握していた――今日わざわざ訪ねてきたということか。しかも前もっての連絡もなしに。

思い当たる人物が一人だけいる。

「あの、もしかして、あなた……アーサーの従弟さんの、リチャード？」

おずおずと時広が訊ねると、祐司と低レベルの言いあいをしていた男がパッと向きなおった。

「オレを知っているのか」

「やっぱり……」

時広はホッと肩の力を抜いた。正体がわかったのなら、落ち着いて話を聞けばいい。少なくとも、アーサーの同僚のケビンにされたようなことは、しないだろう。

「はじめまして、リチャード。僕は坪内時広です」

時広が気を取りなおして右手を差し出したが、リチャードはちらりと見ただけで応じなかった。友好的ではないらしいと、登場の仕方でわかっていたが、少なからず時広の心は傷ついた。

「西海岸の大学に在籍中だと聞きました。こちらに来ることを、アーサーに伝えてありましたか？」

もしアーサーが知っていたら時広に教えてくれていたはずだ。黙って訪ねてきたのだろうと、わかっていたが聞いてみた。

「そんなこと、あんたに応える義務はないな。もっとも、オレは彼に会うためにNYまで飛んできたわけじゃないから。あんたに会って、一言文句を言いたかっただけだ」

「文句……」

「ちょっと、あんた、文句ってどういうことだよ」

祐司はもう怒っている。ケンカ腰だ。さっきからずっと、振り上げた拳《こぶし》を下ろさないで我慢する状態になっている。時広のために腹を立ててくれているのはわかるが、事を荒立てたくない。

「祐司、待って」

「でもこいつ、すごく失礼なことを……」

「ここはひとまず、帰ってくれないか」

「えっ？」

祐司は心底びっくりした、といった表情になった。申し訳ないが、時広は落ち着いてリチャードと話をしたい。

「なに考えてんだよ、トキ」

祐司が日本語で咎《とが》めてきた。

「こんなやつと二人きりになんか、させられるわけがないだろう」

「アーサーの従弟なら、僕にそんなに無体なことはしないだろうし、なにか言いたいことがあるなら全部聞いておきたい」

「聞かないほうがいいって、絶対に」

「いや、聞きたい。だってアーサーの従弟なんだ。僕に対して思うことがあるなら、今のうちに全部吐き出してもらったほうがいい。それに、わざわざ西海岸から東海岸まで来てくれたんだ。話を聞かずに追い返すなんて、できないよ」

「トキ……」

祐司がため息をついて天を仰ぐ。しばらく逡巡《しゅんじゅん》するような間があったが、祐司は「わかった」と頷いてくれた。

「今日のところは帰るよ。トキにそこまで言われたら、部外者の俺にはどうしようもない」

「祐司のことを部外者だなんて思っていないよ」

「うん、ありがと」

ニッと祐司は笑い、ちらりとリチャードを見たあと、「アーサーには俺から連絡をしておくからな」と小声で言った。えっ、と視線を上げると、祐司は断固とした口調で告げてきた。

「これだけは譲れない。トキは連絡なんて必要ないって言い張るかもしれないが、俺の目から見るとリチャードは充分危険な人物だ。アーサーの従弟だからこそ、トキになにをするかわからない。どうやらトキたちの関係に反対意見を持っているみたいだし」

一息に言い切ったあと、祐司はリチャードに向かって「ヘイ、ユー！」とまたケンカ腰で声をかけた。

「トキが言うから俺はここで帰るが、トキは俺の大切な友人だ。なにかしやがったらタダじゃおかないからな！　西海岸まで逃げ帰っても無駄だ。どこまでも追いかけて、仕返ししてやるから！」

また余計なことを怒鳴り、「じゃあ」と時広に手を振って、祐司は踵《きびす》を返す。肩を怒らせながら、地下鉄の入口へと歩いていった。

リチャードからは見えない場所でアーサーに電話をするつもりなのだろう。いつのまにアーサーの電話番号を知ったのか、時広は驚きを禁じ得ない。おそらくアーサーが祐司に教えたのだ。祐司からアーサーに聞くとは思えない。

（アーサーったら……）

時広になにかあったら連絡するように、とでも言って、電話番号を教えたに違いない。

祐司には、時広が過去にストーカー被害に遭ったことは話していない。話す必要を感じなかったからだが、もしかしたらアーサーが話したのだろうか。

（今度、祐司にそれとなく聞いてみよう）

アーサーに聞いてもいいが、もし話していたら、それを咎めていると受け止められたくない。人にべらべらと喋る過去ではないが、親しくなった人に絶対に知られたくない話でもないからだ。

祐司を見送ってから、時広はあらためてリチャードに向きなおる。

「場所を移しましょうか。アーサーの部屋までここからすぐです。来てくれますか？」

「もちろん」

時広はリチャードを連れてアパートメントへ歩いていった。ドアマンのエリックが出迎えてくれ、リチャードをちらりと見遣ると、「お客様ですか？」と時広に訊ねてくる。

「アーサーの従弟のリチャードです」

「そうですか」

エリックは鷹揚《おうよう》に頷いただけで、とくになにも言わなかった。そのまま時広はエレベーターへと進んだが、リチャードは広くて明るいエントランスホールをじろじろと眺めている。

「ずいぶんといいところに部屋を借りたんだな」

呟きは時広の返事を求めている感じではなかったので、なにも言わずにエレベーターのボタンを押した。二人きりで狭い箱に入ってから、そういえばアーサーと暮らす部屋に客を招いたのはエミーに次いでまだ二人目だ、と気づく。祐司はエントランスホールまでしか入ったことがない。

それがとくにどうというわけではないが、にわかに緊張が高まってきた。

エレベーターを降り、玄関ドアのロックを解除するあいだも、時広の手足はかすかに震えていた。リチャードは気づいているのかいないのか、無言で時広の後ろに立っている。体が大きいからだけではなく、威圧感が半端なかった。視線が痛い。振り返れば絶対に睨んできているだろうから、時広は前だけを向いていた。

「どうぞ」

時広がドアを開くと、リチャードは遠慮なく中に入った。さっさと奥へ歩いていくリチャードの広い背中を眺め、時広はため息をつく。友好的ではない客人を、どうもてなしたらいいのかわからなかった。

とりあえず飲み物を出そうかと、キッチンへ行く。リチャードはリビングをぐるりと見渡したあと、アーサーの部屋を覗《のぞ》き、バスルームを見分し、さらに時広の部屋まで見て回った。

ドアに鍵をかけておかなかったことを悔やんでも仕方がない。そこまでするのはやめてくれと言うのは簡単だが、時広はあえて黙っていた。

見られて困るようなものはなにもない。アーサーと時広は、ここでごく普通のカップルとして、穏やかに愛を育んでいる。リチャードに、それを知ってもらいたかった。

「コーヒーでいいかな？」

「水を持っているからいらない」

肩にかけていたカバンから、リチャードはミネラルウォーターのペットボトルを取り出し、立ったまま飲み始めた。

あくまでも時広とは距離を置きたいようだ。好きにさせておくことにして、時広は自分のコーヒーだけ淹れた。それをソファに座ってゆっくりと飲む。とても美味《おい》しい。カフェで祐司と一杯飲んできていたが、予期せぬ来訪者に動転して喉が渇いていたことに、遅ればせながら気づいた。

一通り部屋の中を見分して気がすんだのか、リチャードがリビングに戻ってきて、ソファに座った。時広からは一番遠い場所だ。チクンと胸が痛む。見て見ぬふりをして、にこやかに話しかけた。

「リチャードは、日本に行ったことある？」

「えっ？　あるわけないだろう。オレはオタクなんかじゃない」

すごく嫌そうに言われてしまい、時広は目を丸くした。いったいどういう日本観を持っているのだろうか。だが、そういえば、アーサーが以前似たようなことを言っていたような。

半年以上前の一言を思い出してしまい、時広はフッと笑った。

「なんだよ、なにがおかしいんだよ」

「いや、思い出しただけ。やっぱり親戚だからかな。アーサーが似たような発言をしたことがあって……。日本支社に赴任するまでは、日本はアニメと変態の国だと思っていたみたいで、しばらくたってから認識をあらためたって僕に懺悔《ざんげ》したんだ」

君の国を侮辱してすまない、と頭を下げられたのだ。理由を説明されるまで、時広はなんのことかわからなかった。

「大真面目な顔をして、日本はアニメと変態だけの国ではなかった、とても平和でサービスが行き届いている、とてもよい国だ――って」

「似、似ているのは、血がつながっているんだから当然だろう」

リチャードがムッとしつつも照れたように顔を逸らす。その反応だけで、従兄のアーサーが好きなんだなと感じられた。だからこそパートナーの時広に、内緒で会いに来たのだろう。

「それで、僕に言いたい文句というのは、どんな感じのものなのかな？」

「本当に、あんたはここでアートと暮らしているんだな」

「アート？」

「アーサーの愛称だ。家族だけがアートと呼んでいる。あんた、そんなことも知らないのか？」

ふん、と鼻で笑うリチャードの態度は、まるで反抗期の子供のようで幼稚だったが、それが時広をまったく傷つけないわけではない。実際、時広はアーサーが家族にアートと呼ばれていることなど知らなかった。

「アートが、今度両親にあんたを紹介すると言ってきたらしい」

「うん、その予定だけど」

「オレは許さないからな。あんたがアートの恋人だなんて認めない」

「どうして？」

「どうしてって、そんなことも言われないとわからないほど、あんたは愚かなのか？　どう見てもつり合いがとれていないだろう！」

真正面から言葉の暴力をぶつけられて、時広は泣きそうになった。

なにを言われるか、だいたいの予想はついていたが、実際に言われるとはっきりとした精神的なダメージがある。アーサーの両親が時広に好意的だと聞いていただけに、緊張はしていたが安心している部分が大きかったせいもあるだろう。不意打ちのようなリチャードの襲来は、時広をかなり動揺させていた。

精一杯の自制心でもって顔には出さないようにしていたが、指先が冷えて背中に嫌な汗をかいてきた。この感覚は知っている。貧血の一歩手前かもしれない。視界が暗く、狭くなってきたらマズい。

「アートは完璧な人なんだ。昔から頭がよくて、勉強は得意だった。オレなんかよりずっと優秀だった。スポーツだって万能で、なにをやらせてもうまかった。ハーバードをトップの成績で卒業して、アメリカでも一、二を争う保険会社に入って、バリバリ仕事して、あっというまに出世した。オレにとっては最高の従兄で、理想の男でもある。そのアートが、ゲイだっただけでも衝撃なのに、初めて両親に紹介する恋人が、こんな……チビでメガネの子供だなんて、信じられるか？　いったいどういう手管《てくだ》でアートを誘惑したんだ？　ドラッグでも使ったのか？　まさかなんらかの弱みを握って、アートを脅迫して言いなりにさせたんじゃないだろうな。あの理性的なアートが、あんたなんかに血迷うはずがないんだ！」

リチャードが立ち上がって時広に人差し指をつきつけてきた。

「おとなしく日本に住んでいればいいものを。アートが一時の気まぐれであんたに手を出したとしても、のこのことNYまでついてきやがって！　どうせアートの金が目当てなんだろう？　アートはエリートだし、実家は金持ちだ。アートはすでに両親から、いくばくかの財産を譲り渡されている。オレだって生活に困らないくらいのものを、もうもらっているくらいだ。だからのんびりと大学院で研究を続けていられる」

ああ、大学院生なんだ……と、時広はぼんやりと思った。そういえば、何歳なのか聞いていなかった。

「あんた、仕事はなに？　ここでなにをしているんだ？　こんな平日の昼間からぶらぶらしているところをみると、無職なんだろ。アートに働かせて遊び歩いているなんて、いい身分だな。分不相応なんだよ、ここの暮らしは。とっとと出ていけ！」

　そこを突かれると痛い。現在の生活費をアーサーに頼っているのは事実だからだ。

「た、たしかに、僕は無職だけど、これから少しずつ……」

「アートがあんたを重荷に思う前に、日本に帰ったほうがいいんじゃないのか？」

「僕はアーサーを愛している。離れたくない」

「よく言うよ。金目当ての糞ビッチのくせに」

　くらり、と眩暈《めまい》がした。アーサーの身内にこんな暴言を吐かれるほど、自分は悪いことをしているのだろうか。

　仁王立《におうだ》ちしているリチャードの体が、実態以上に巨大に見えた。全身が委縮して、呼吸するのすら難しくなってくる。体がソファにめり込んでいきそうだった。

「リチャード、そこでなにをしている」

　重苦しい空気を裂くようにして、厳しい声が飛んできた。ドアのところに、いつのまにかアーサーが立っている。会社から走ってきたのか、額にうっすらと汗をかいていた。ひとつ息をつき、スーツの上着を脱ぐと、ダイニングの椅子に放り投げる。ネクタイの結び目に指を入れ、力任せに緩めるしぐさが男っぽくて格好よかった。

祐司が本当にアーサーに連絡したのだ。駆けつけてくれて嬉しいが、また仕事の邪魔をしてしまったことが心苦しかった。ひとりで対処できればなんの問題もないのに。

「リチャード、私はおまえがここに来ることを聞いていなかったが、どこかで言伝が途絶えていたのか？　それとも誰にもなにも言わずに、いきなり来たのか？　平日の昼間、私が仕事中で留守にしていると知っていてアパートメントを訪ねてくるのは、たとえ親戚といえどもルール違反だと思わなかったのか？」

アーサーの口調は怖いほどに平坦で、その目付きは見る者を凍りつかせそうなくらいに冷ややかだった。

今まで威勢よく暴言を吐いていたリチャードが、みるみる青くなっていく。大きな体が一回りほど縮んだように見えた――と思ったら、キッと時広を睨みつけてきた。

「おまえ、アートにオレのことを知らせたな」

「トキじゃない。ユウジだ。おまえが来たとき、トキと一緒にいた日本人留学生だ。彼は私の友人でもあるんでね。危険人物がトキに接近するようなことがあったら、必ず知らせてくれと頼んであった」

「オレが危険人物？」

「安全な人間だとは思えないな」

アーサーが眇めた目で冷たく言うと、リチャードは一瞬、悲しそうな顔をした。

「アート……オレのこと、もうリックって呼んでくれないのか」

「十年も前から呼んでいないだろうが」

「オレはずっとアートって呼び続けているのに」

はあ、とアーサーは大きなため息をつく。

「呼び方について、今は話し合う必要性を感じない。それよりも、おまえがなぜ今ここにいるか、だ。トキを責めるためだけに来たのなら、とっとと帰れ」

「はるばるカリフォルニアから会いに来たのに、追い返すのか？」

「私の大切な恋人に暴言を吐くためだけに来たのなら、たとえ従弟だろうと許さない。帰れ」

アーサーが玄関を指さした。本気で追い返そうとしているアーサーに、リチャードが苦悶《くもん》の表情を浮かべ、両手をぐっと握りしめる。

本気で怒っているアーサーに、時広は茫然とした。

暴力は一切ない。けれどアーサーは心底怒っている。とても静かに、激怒していた。これほどまでに怒ったアーサーを、時広は見たことがなかった。たぶん、リチャードも初めてだろう。ますます青くなって、俯いている。

「自分の足で歩いて出ていかないのなら、無理やりにでも外へ出すぞ」

アーサーが椅子にかけた上着のポケットから携帯電話を取り出した。アパートメントの警備員室に協力を要請する気だ、と察して、時広は慌てて立ち上がった。ドアマンのエリックたちに、そんなことをさせたくないし、リチャードがかわいそうだ。

　立ち上がったときにふらりと体が傾いたが、なんとか踏みとどまった。

「待って、アーサー」

「トキ……」

　ふらついたのを見られたらしく、アーサーが焦ったように駆け寄ってきて、背中を支えてくれる。

「アーサー、そんな扱いをしたらリチャードがかわいそうだ。せっかく会いに来てくれたんだから、ゆっくり話をしようよ。きっと理解してくれるから」

「いや、今さら話してわかるとは思えない。十二年前に私がカミングアウトしたときからこの調子だ」

「でも、弟同然の従弟なんだよね？　ケンカはよくないよ。仲良くしてほしい。僕のせいで二人の仲に亀裂が入るなんて、耐えられない」

「トキ、まさか私と別れるなんて、言わないだろうね？」

　背中に回されたアーサーの腕にぐっと力がこめられる。時広は苦笑して、「そんなこと言わない」と宥《なだ》めた。

「知っているだろう？　僕は一人っ子だ。近い親戚もいなかった。兄弟や従弟がいる友達をとても羨ましく思いながら育ったんだ。きっとわかりあえるよ」

「……わかった。リチャードとは少し話し合おう。エントランスロビーまで下りるから、トキはここで休んでいなさい」

時広はアーサーにふたたびソファに座るよう、促された。支えられながら、ゆっくりと腰を下ろす。そっと頬に優しいキスをしてくれた。

「ああ、手がこんなに冷たい」

アーサーが時広の手を握り、沈痛な面持ちになる。

「リチャードの登場がいきなりすぎてショックだったんだね？　私の従弟が君の心を傷つけたのかと思うと、申し訳なさでいっぱいだ。許してほしい」

「僕のことはいいから、リチャードと話をして。怒っちゃダメだ。彼は、あなたを大好きなだけなんだから」

「君は寛容だ……」

アーサーは苦笑いして時広から離れた。リチャードを連れて部屋を出ていく後ろ姿を、時広はソファに座ったまま見送った。

◇◇◇

「さて、言い訳を聞こうか」

アーサーはアパートメントの一階にあるエントランスロビーで、リチャードと対峙《たいじ》した。

たっぷりと採光がなされたロビーは明るく、手入れが行き届いた観葉植物の緑が目に優しい。適度に冷房が効《き》いている空気は清浄だ。だが穏やかな夏の午後のムードが満ちるこの場にそぐわない男が二人、向き合っている。

アーサーは全身にどす黒い怒気をまといつかせてリチャードを睨みつけ、それを受けるほうも負けじと肩を怒らせた。

運よく、ほかに人がいない。多少、二人がやりあってもアパートメントのほかの住人に見咎められることはなさそうだ。

「私に内緒でトキに会いに来たのは、暴言を吐くためだったのか？」

「違う、暴言じゃない。単なる意見だ。オレはアートの相手があんな男だというのが納得できない。親族として、あいつはアートにふさわしくないと思ったから、直接言いに来たにすぎない」

「だからそれが暴言だろう。屁理屈を捏ねるな」

アーサーはかなり腹を立てていた。リチャードにも、自分にも。

（後手に回ってしまった）

もしかして、リチャードが時広になにか仕掛けてくるかも、と思っていた。エミーにも忠告されたし、なんらかの対策を講じたほうがいいと考えていた矢先だったのだ。リチャードがアーサーよりも先に動いたわけだ。

頭のどこかで、とりあえず今回は両親にだけ会わせて、あとはバカンスを二人きりで楽しもう——と、リチャードのことを甘く見ていた自分の落ち度だった。ＮＹでの新住所は、当然両親に伝えてあったから、リチャードが聞き出すのは簡単だっただろう。アーサーは両親に口止めなどしていなかったのだから。

（くそっ、私としたことが）

とりあえず、リチャードの来訪を予期して時広を一時的にホテル住まいにするか、ボディガードでも雇えばよかった。そうすれば、リチャードの心無い言葉で時広を傷つけずにすんだのに。

「本来ならトキに謝罪してほしいが、おまえの顔を見ただけでトキは不快な気分になるだろう。もう帰れ。トキは優しいから、おまえと仲違いするな、話し合ってほしいと言ったが、リチャードのほうが考えをあらためない限り、和解はあり得ない。私とトキを祝福するつもりがないのなら、このまま失せろ」

あえて突き放す言い方をした。リチャードが時広ではなくアーサー自身に怒りを向けてくればいい。

「弟同然に育ったオレより、あんな子供を取るって言うのか。アーサー・ラザフォードの名に傷がつくぞ。情けないと思わないのか。いったい、あいつのどこがそんなにいいんだっ」

「子供？　トキは子供じゃない」

　またか、とアーサーは視線を遠くに飛ばす。かつては自分も時広の容姿を見て、保護者が必要な子供だと思った。二カ月前に同僚のケビンも誤解した。ぼさぼさだった髪を腕のいい美容師にカットさせ、メガネも野暮ったい黒縁からメタルフレームに替えさせたのだが、あの華奢《きゃしゃ》な体型と清純そうな瞳は、なかなか年相応には見えないようだ。

「トキは、今二十九歳だ。来年には三十歳になる、正真正銘の大人だ」

「えっ？」

　リチャードはきょとんとした。すぐにフッと笑って、「くだらないジョークだ」と肩を竦《すく》める。

「ジョークじゃない。つい先日、トキの二十九回目の誕生日を祝った。そのときの詳細をここで語ってみせようか？」

　誕生日当日は、予約してあったレストランで二人きりのディナーを楽しみ、帰宅したあと、ほろ酔い加減でご機嫌の時広をベッドでたっぷりと愛した。

　その週末にはエミーと祐司を招待してささやかなパーティーを開いた。

　エミーは希少価値の高い日本酒をプレゼントとして持参し、祐司はケーキを買ってきてくれた。ケーキ代の半分をアーサーが出していたが、アルバイトと実家からのわずかな仕送りで生計を立てている祐司には痛い出費だっただろう。けれど祐司は友情の証として、金を出すことに躊躇《ためら》わなかった。みんな時広の誕生日を純粋に祝ってくれて、アーサーも楽しかった。詳細を語れと言われたら、一時間くらいかけてじっくりと教えてやりたいくらいだ。

しかしリチャードは望まなかった。唖然とした目を向けて、首を横に振っている。

「いらない」

「いらない？　いらないとはなんだ、失礼だな」

オーマイガー…とため息のような呟きを零し、リチャードは気を取りなおしたように毅然《きぜん》と顔を上げた。

「アート、百歩譲ってすでに成人しているとしても、あいつがオレより年上だなんてあり得ない。あれのどこが二十九歳だって？　いくらアジア人が若く見えるからって、あいつの体型は発育途中のティーンエイジャーだ。ウエストなんて、このくらいしかないだろう？」

リチャードが両手で直径二十センチ弱くらいの輪を作ってみせた。当たっている。時広のウエスト回りは六十センチもない。

「トキに触ったのか」

「は？」

「ウエスト回りがその程度だと、なぜ知っている。トキに触ったのか？　まさか、腰を抱いたのか？」

ずいっと間合いを詰めて従弟に迫った。時広がリチャードに体を触られたとは思わないが、万が一ということもある。

唖然としているリチャードのバカ面に苛立《いらだ》ちが募り、アーサーは胸倉に手を伸ばした。

「待った、アート、待った!」

寸前で腕を掴まれる。リチャードの焦った表情に、アーサーは疑惑を確信に変えそうになった。カーッと頭に血が上りかける。

「触ってない、神に誓って触ってない! その顔、怖いから! アート、怖いって!」

「本当に触っていないんだな?」

「本当の本当に触ってない。だから神に誓って、と言っているだろう。そもそも、どうしてオレがあいつに触らなきゃならないんだ。指一本も触れていないし、触れるほどに距離を詰めてもいない」

「ではなぜウエスト回りを……」

「見た感じ、このくらいかな、って思っただけだから。当たってたならビックリだよ。すげぇ細いんだな」

リチャードの弁解を聞き入れ、とりあえずアーサーは手を引っこめた。だが疑惑は完全に払拭されたわけではない。疑いが滲む目で、リチャードを見てしまう。

「なんなんだよ、マジで……」

リチャードがため息をつき、ロビーに置かれているソファのひとつにどさりと腰を下ろした。

少しカールした茶褐色の短い髪を、片手でくしゃりとかき混ぜる。

「オレの理想の男が……。信じられない……。日本で悪いものでも食ったのか？」

「日本の食事はすべて美味しかったぞ」

「じゃあ、悪い病気にでも罹《かか》ったんだ」

「恋の病になら罹患している」

大真面目に答えたら、リチャードが絶望的な暗い表情をした。

「……アート、変わったな。昔はこんなんじゃなかった……」

「おまえの言う『昔』がいつなのかはわからないが、たしかに、私はトキと出会って変わった。今、とても幸せだ。だからトキを失いたくない。何者からも守ってあげたい。トキを傷つける者は、誰だろうと許さない。たとえ、おまえでも」

アーサーもソファに座る。また衝動的に掴みかからないよう、ちょっと距離を置いた。さすがにこんなところで暴力沙汰になりかけた自分を反省する。

「おまえに私のすべてを理解してもらおうとは思っていないが、私はそんなにたいした人間じゃない。そのくらいはわかってくれ」

「いや、アートは完璧で……」

「完璧な人間など、この世にいない」

バカだな、とリチャードを見やる。いつまで夢を見ているつもりなのか。全米でも屈指のレベルの高さを誇るスタンフォード大学で学び、院にまで進んでおきながら、いつまでも心が子供のままだ。いい加減に現実を見て、大人になってほしいと望まずにはいられない。

「私はやっと巡り合えたんだ。今まで、ずっと特定の恋人を作りたいと思っていたが叶わず、気が合いそうだと付き合い始めても半年ともたなかった。ところがトキとはもう十カ月も続いている。終わる気配はない。この意味がわかるか？　私は幸せなんだ。邪魔しないでほしい」

「アートが、あいつとの生活で幸せを感じているなんて信じられない。美形でもない無職の男だろう。あいつがアートの財産目当てではないと、言い切れるのか？」

「トキが私の財産目当てでそばにいてくれるなら、そのほうが好都合だ」

「は？」

「私の財産がなくなるまでは絶対に別れないでいてくれるということだろう？」

つい笑みが零れてしまい、リチャードに不審がられてしまう。

「アート、正気か？」

「正気だよ」

アーサーは長い脚を組み替え、ロビーの高い天井を見上げた。数階上に、時広がいる。アーサーが戻るのを待っていてくれる。リチャードとの話し合いがうまくいくようにと、祈るようにしてソファに座っていることだろう。

「トキは、私のバックボーンになど興味はない。財産の話など、聞かれたことがない。バカン

スに向かう前になって、私のほうから世界中にある別荘の話をしたくらいだ」

「そんなことくらい、ちょっと調べればわかる。アートが話す前に知っていたのかもしれない」

「いや、トキは知らなかった。調べられたら、痕跡が残るだろう。そのくらい、私だって気づく。トキは、ありのままの私を愛してくれたんだ」

リチャードはまだ猜疑心《さいぎしん》を捨てきれていないようだ。顔にそう書いてある。それは仕方がない。アーサーとて、時広と出会うまではそうだった。それまで、アーサーの財産を気にする男とばかり出会っていたからだ。

「リチャード、トキのような人も、この世にいるんだ。彼は、たとえ二人で暮らす部屋が二十五平米しかなく、ベッドを置けばそれでいっぱいになる程度だったとしても、喜んでついてきてくれただろう。トキは、そういう人だ。だから好きになった」

「……でも、あいつは無職なんだろう。アーサーに依存している。これからもそうだったとしたら——」

「トキは日本で高校教師をしていた。教師の資格を持っている」

「ええっ？」

リチャードは心底驚いたようで、愕然《がくぜん》としている。成人した大人ではないと、まだ疑っていたようだ。

「私が無理を言って、ついてきてもらったんだ。日本にいれば経済的に自立した生活ができたのに、私がそれを捨てさせた。責任重大だ。だから私は今トキの生活のすべてを担うことに、なんら負担を感じていない」

「教師の資格……ってことは、大学を出ているのか？」

「もちろん、そうだ。教師として五年以上の実績があると聞いている」

「五年以上……」

具体的な数字を聞き、リチャードはやっと時広の年齢が二十九歳だと認めたようだ。

「現在のトキは無職だが、なにもしないで遊んでいるわけじゃない。今、こちらで知り合った日本人留学生を相手に、英会話教室を開こうとして準備中だ。おそらくバカンスから戻ったら、試験的にレッスンを始めるだろう。もし順調に運営できるようなら、私が出資してオフィスを構え、事務員を雇い、会社の体裁を取らせてもいいと考えている」

そこまで時広に話していないが、アーサーは本気だ。

おそらく、時広は教師に向いている。祐司が「トキは聞き上手。なんとなく胸の内を話せてしまう」と言っていた。アーサーもエミーも、時広には癒《い》やしを感じる。きっと、時広は心の痛みを知っているからだ。

家族の喪失を知るがゆえに孤独を抱え、ストーカー事件によって他者からの暴力も経験している。一度は職も失っている。けれど友人に恵まれ、支えられて必死に立ち上がって、アーサーの前に現れた。そして、愛を知った。

祐司がすぐに時広に心を許したのは、きっと祐司の孤独を無意識のうちに時広が感じて、寄り添ったからだ。時広のたぐいまれな特性と元教師というスキルを活かし、事業が起こせたらいい。時広の自信に繋がるだろう。

心配なのは、アーサーのように時広に恋情を抱いてしまう生徒が現れないか、という点だ。

祐司から、レッスンは一対一では行わない予定だと聞いているので、ぜひ複数で実施してもらいたい。そのほうが、リスクが減るだろう。

「リチャード、そういうわけだから、トキだけを悪く言うのはやめてくれ。私がトキを愛し、口説いたのだ」

信じたくなくとも、それが事実だ。時広はアーサーが愛を乞《こ》う前から好きでいてくれたようだが、みずから行動を起こそうとはしていなかった。まだ、誰とも付き合ったことがなかったからだ。アーサーが積極的に口説かなければ、今二人は一緒にはいなかっただろう。

「私を受け入れてくれたトキに、心から感謝している」

「アート……」

「私がゲイなのを気に入らないのなら、もう会わないことにしよう。これは病気ではないので治るものではない。一生、死ぬまで、私はゲイだ」

リチャードは苦しそうに顔を歪《ゆが》めた。そんな表情を見るのは辛い。アーサーは視線を逸らし、ひとつ息をついて立ち上がった。

「おまえの理想の兄でいられなくて、すまないな。だが、これが私だ。変えるつもりはないし、変わる必要も感じていない。ありのままの私をトキが愛してくれているから、幸せだ。おまえも、そういう人を早く見つけろ」

まるで父親のような語り口だなと、アーサーは苦笑いする。

「じゃあ、気をつけてカリフォルニアまで帰りなさい」

リチャードは立ち上がることなく、どこか途方に暮れたような目でアーサーを見上げている。そんな従弟に背中を向けて、アーサーはエレベーターへと歩いていった。


部屋に戻ると、時広はソファに座ったまま心配そうな顔で待っていた。

「話をしてきたよ」

「リチャードは？」

「帰ったんじゃないかな」

時広の横に腰を下ろし、細い肩を抱き寄せる。黒髪にキスをして、手を握った。冷えていた指先に体温が戻りつつあることを確認して、ホッとする。

「仲直りはしたの？」

「……一方的な思いこみをしていたから、私の気持ちを話した。トキの年齢も誤解していたので、説明した。わかってくれればいいが、リチャードの心の機微《きび》まではわからない」

「アーサー……」

「決定的な決裂をしたわけではないよ」

「そう、それなら……」

時広は少し安心したように頷いた。けれど俯いて、両手の指をもじもじと動かしている。まだなにか気にかかることがあるらしい。リチャードに関連することだろうが、話してくれるだろうか。一人で悶々と悩まないでほしい。

「トキ、聞きたいことがあるなら、なんでも聞いてくれ」

「あの……」

「うん、なに？」

「アートって、呼ばれていたの？」

思い切ったように口を開いた時広が投げてきた質問は、アーサーにとって拍子抜けするくらいどうでもいいことだった。もっと深刻な事案を想定していたアーサーは、一瞬、黙ってしまう。

「聞いちゃいけなかった？」

アーサーの無言を間違った方向にずれた意味で捉えた時広が、「答えたくないなら、答えなくていいよ」と質問を撤回したので、慌てて「大丈夫」と肩を叩く。

「そんなことを気にしたのかと、意外に思っただけだ」

「そんなことじゃない。僕は初耳だった。たしかにアーサーの愛称はアートだ。ほかにも、アーティーとか、あるんだよね？　子供のころはアートと呼ばれていたなんて、知らなかったから、びっくりした。リチャードのことは、リックって呼んでいたんでしょう？」

「それはそうだが、家族間でそう呼びあうのは珍しいことじゃない。とくに子供のころは。大人になってもそのままで通す人だってたくさんいるが、私はやめた。それだけだ。まさかトキが気にするとは思わなくて、今まで言わなかったが」

「……そうだよね。それほど気にすることじゃないって、頭ではわかっている。でも、どうしてか、リチャードが親しげにアーサーを『アート』と呼んだとき、あまり、いい気分じゃなかったから……」

　ちょっと拗《す》ねたような顔になった時広に、アーサーは笑みが零れた。恋愛経験の少ないアーサーのかわいい恋人は、その「あまりいい気分じゃない」という感情がどういうものか、たぶんわかっていない。

「なに笑っているの？」

　アーサーの表情にムッとした時広が、たまらなくかわいらしくて、アーサーは素早く頬にキスをした。時広はびっくりしている。

「なに？」

「私の恋人はかわいいなと思って」

「……なにかを誤魔化そうとしている？」

「いや、そんなつもりはない」

「じゃあ、なに？」

「リチャードが私をアートと呼ぶと、トキは面白くないんだね」

「うん……」

「その感情は、一般的に嫉妬《しっと》と呼ぶんだと、知っていた？」

ハッと息を呑み、時広の頬がみるみる紅潮していく。立ち上がって逃げようとした時広を、予期していたアーサーは抱きしめてソファに押し倒した。そのまま唇にキスをしようとしたら、時広が慌てて手で防御してきた。本気で抵抗しているわけではないだろう。その証拠に目元がほんのりと赤くなっている。こんな表情をされると、俄然《がぜん》、燃えてくるのは男の性《さが》だろうか。

「キス、したくない？」

「ううん、違う。あの、まだこんな時間なんだけど……アーサーはこのあと会社に戻るんだよね？」

「そう。戻らなければならない。エミーが苛々しながら私の帰りを待っていることだろう。恋人を置いて仕事に戻らなければならない哀れな私のために、この邪魔な手をどかしてくれないか？」

「キス、だけ？」

「それ以上をお望みとあらば、私はもちろん応えさせてもらうが？」

　時広は目を丸くして首を左右に振った。

「の、望んでないっ。違う、そういう意味じゃなくて、その、僕はアーサーにキスをされると頭がぼうっとしちゃって、体が熱くなって、それだけですまなくなるっていうか、困った状態になるっていうか……」

「つまり、セックスしたくなってしまう、ということかな」

　はっきり言葉にしてみたら、時広は耳まで赤くなった。昼間から罪作りな反応をされて、アーサーは会社に戻りたくなくなってしまう。しかし、重要な案件を途中で放り出してきてしまったので、どうしても戻る必要があった。

　こんな時広に情熱的なキスをして自分も冷静でいられる自信がなかったので、アーサーは額にちょんと唇を当てただけにとどめた。

　立ち上がりながら、時広の手を引いて上体を起こさせた。

「続きは夜だ。待てるね？」

　こくり、と時広は頷いて頬を染める。じっと見つめていたら興奮してしまいそうだったので、アーサーは視線を窓に向けた。深呼吸してから、「リチャードのことだが」と話を戻す。

「もし訪ねてきても、部屋に上げなくていい。今日のように外で声をかけられても無視しなさい。いいね？」

「えっ、でも……」

「なにかあったら、私が対処する。君は、リチャードの相手をしなくていい」

「……僕、アーサーの従弟とは仲良くしたい」

「向こうには仲良くするつもりがないんだ。会って話したら、君が不愉快になるだけだろう。私はトキにいらぬストレスを与えたくない。わかってくれ」

「………」

懇願口調で重ねて言えば、時広は黙って俯いた。納得していないようだけれど、アーサーも折れるつもりはなかった。そう簡単にリチャードの見解が変わるとは思えないからだ。

「じゃあ、行ってくる」

「……いってらっしゃい……」

会社に戻るアーサーを、時広は玄関先まで見送ってくれた。

エレベーターでふたたび一階へ下り、アーサーはエントランスロビーを横目に通り過ぎた。

リチャードの姿はない。カリフォルニアに帰ったのか、それともフロリダの実家に行ったのか――。まさか懲《こ》りずにまた時広に会おうとして、どこかのホテルに宿を押さえているかもしれない。

アーサーはリチャードを嫌いなわけではない。時広に言われるまでもなく、弟のようにかわいがった従弟だ。少々冷たくあしらいすぎたかもしれないが、アーサーは時広を守るためにあえてそう振る舞った。

彼が望むように、アーサーは女性と結婚して家庭を築くことはできない。同性を恋人にしている限り、きっとリチャードの態度は変わらないだろう。仲良くできないのは辛いが、こればかりはどうしようもなかった。

（心配なのはトキだ……）

リチャードの出現はかなり衝撃だったようだ。このまま二度とリチャードが現れなければ傷は浅くすむだろうが――。

アーサーはドアマンのエリックに声をかけた。

「会社に戻られるのですか？　忙しいですね」

苦笑してくるエリックに、アーサーもため息まじりで「身内のせいで慌ただしいよ」と肩を竦める。

「私の従弟は出ていったようだね」

「はい、さきほど」

「今後、訊ねてきても通さないでいてくれるとありがたい」

「わかりました」

エリックは理由を穿鑿《せんさく》することなく、しっかりと頷いてくれた。入居者の利益を最優先に考えてくれる、とても優秀なドアマンだ。家賃相当分の働きをしてくれるドアマンに、アーサーは満足している。

「頼むよ」

アーサーは軽く手を振って、アパートメントを出ると、急いでタクシーを拾った。

◇◇◇

冷蔵庫とパントリーの中を見回して、時広は今日の献立を考えた。

二人しか暮らしていないうえに時広は小食で、アーサーは昼食を会社でとる。一日にそんなにたくさん食材は減らないので買い置きはあるが、栄養が偏らないようにできるだけいろいろな食材を使用したメニューを考えるようにしている。

「やっぱり買い物に行こう」

いくつか必要な食材を思いついたので、日本食スーパーへ行くことにする。

部屋を出てエレベーターまで歩くだけでも、いまの時広には一苦労だった。体が怠《だる》い。アーサーのせいだ。

一昨夜も昨夜も、愛しあった。今朝も寝起きの体を大きな手でまさぐられてスイッチが入りそうになってしまい、時広は慌てて逃げた。アーサーは残念そうにため息をついていたが、休日でもないのに朝っぱらからセックスするなんて、時広には考えられない。そんなことをしていたらアーサーは遅刻してしまう。

アーサーがくだらない理由で遅刻したら、困るのは秘書のエミーだ。時広はエミーのことも大好きなので、彼女に迷惑をかけたくない。ぐずぐずしているアーサーの尻を叩き（実際には叩いていないが）朝食を食べさせた。

リチャードの突然の来訪から二日たっている。時広としては、夕食後にゆっくりと彼のことを話し合いたい。このままでいいとは思えないからだ。それなのにアーサーは「愛しているのは君だけだ」「かわいらしい嫉妬だな」と囁きながら押し倒してくる。

たしかにリチャードは時広を複雑な心境にさせる存在だ。弟ならまだしもリチャードは従弟。従弟くらい親等が離れれば充分に恋愛対象になり得る。結婚だってできてしまう。仲が良過ぎても心配だし、かといって仲が悪いのもどうかと思うのだ。

そんな時広の心情が、たぶんアーサーの心のどこかをくすぐってしまうに違いない。いきなり抱きしめられて濃厚なキスをされて、時広はまんまと流されてしまう。求められると断れない。喜んでほしいし、抱かれれば時広も感じるから。

セックスでリチャードの問題を誤魔化されている、とは思いたくなかった。

ときおりふらつきながらも時広はエレベーターで一階に下り、エントランスロビーを横目にゆっくりと歩いた。今日のドアマンと目が合う。エリックではなく、アーロンというアフリカ系の男が立っていた。

「お出かけですか」

「ちょっと買い物に行ってきます」

三十代くらいと思われるアーロンはエリックと同様に屈強な男で、外見は厳ついが話してみるとウイットに富んだ楽しい人だ。アーロンに見送られて、時広は外に出た。

NYは今日も天気がいい。帽子を被ってくればよかったと後悔しながら、時広は日本食スーパーにたどり着いた。

冷房が効いている店内に入るとホッとする。カートを押してまず野菜売り場に行くと、不意に、行く手に人が立ち塞がった。デニムを穿いた、がっしりとした下半身。男の人だ。わざとではなくて、たまたまかな、とカートの進路を横に逸らそうとしたが、男の人も同じ方向に移動する。視線を上げると、驚いたことにリチャードだった。

「ここで待っていれば会えるかと思ってたぜ」

面白くなさそうな仏頂面で、リチャードが呟いた。唖然としてしまう。時広に会うために、ここで張り込みをしていたということだろうか。昨日は音沙汰がなかったので、てっきりNYをもう出たのかと思っていた。

「……僕を待ち伏せしていたんですか？」

「一昨日、この店の前で会っただろ。そのうち来ると思っていたら、当たったな」

えーと……、と時広は視線を泳がせる。わざわざ、いつ来るかわからない時広を待ち伏せしていた根気はすごいが、いったいなんの用があるのだろうか。

「僕に、なにか御用ですか?」

「アートといつ別れるのか、聞きたい」

「…………」

時広は言葉を失って、しばし立ち尽くした。カートを押しながらすれ違った年配の女性が、いかにも迷惑そうに時広とリチャードを睨んでいったので、場所を替えることにした。

店内の一角に、ベンチが置かれている。そこには自動販売機があり、誰でもちょっとした休憩ができるようになっていた。時広は清涼飲料水のペットボトルを購入し、リチャードにベンチに座るように促してボトルを渡した。

「どうぞ」

不審そうにボトルと時広を交互に見つめたリチャードだが、結局、無言で受け取った。

時広もベンチに座り、話を聞く体勢になる。

アーサーには、もしリチャードがまた声をかけてきても無視しろ、相手にしなくていいと言われたが、そうもいかない。愛する男の従弟なのだ。できれば仲良くしたかった。

「この前も話したけど、僕はアーサーと別れるつもりはないよ。アーサーもそう言っていただろう?」

「アートは今冷静じゃない。オレの話を一切聞かない。いつか冷静になれるかもしれないが、それを悠長に待っていられない。あんたがみずから『別れる』と宣言して、とっとと日本に帰国してしまえば、アートは諦めるだろう?」

本当にそれですむと、リチャードは考えているのだろうか。あのアーサーが、そんなに簡単に別れを承諾するとは思えない。双方が納得して別れるならまだしも、時広が一方的に宣言して日本に帰ってしまったとしたら——。アーサーは、大切な仕事を放り投げてでも、追いかけてくるだろう。

一年後のアーサーはどうするかわからないが、今のアーサーはきっとそうする。

リチャードはアーサーの性格をよくわかっていないのかもしれない。弟同然に育ったとはいえ、大学進学を機にアーサーは実家を出ている。それから十二年。ずっと別々に暮らしていたわけだ。年に数回しか会わない従兄のことを、理解しろと言うほうが難しいのかもしれなかった。

だったら、やはり話し合いで解決する可能性は高い。

「リチャードは、アーサーがゲイなのが嫌なの? それとも、相手が僕なのが嫌なの?」

「………両方だ」

筋肉で盛り上がった腕を胸の前で組み、リチャードはムッと唇をへの字に歪める。

「どちらかと言えば、おまえが嫌だ」

　やっぱり、と時広は脱力する。一昨日も、アーサーにふさわしくないとか子供だとかさんざんに言われていたので、今さら驚きはしないが、なにも感じないわけでもない。自分が言わせたのに、時広は悲しかった。

「おまえがただの無職じゃなく、日本にいたときは教師をしていたのは聞いた。今後は日本人留学生に英会話を教える仕事を始めるという話も聞いた。アーサーがオレに嘘をつくとは思えないから本当のことなんだろう」

「本当のことだよ」

「オレよりも年上なのも本当なのか」

「リチャードはいくつなの？」

「二十五になる」

「だったら年上だね。僕は二十九歳だ」

　ここが日本ならば四つも年上なんだから先輩として敬い、態度をあらためろと言えるかもしれないが――そもそも時広はそういうことを主張する性格ではない――ここはアメリカだ。年齢が上だというだけで上下関係ができる習慣などない。

「日本で教師をやっていたなら、そのまま続けていればよかったのに、どうしてＮＹまで来たんだ。アーサーがいい男で羽振りがよかったから、ついていけば楽な生活ができると思ったんだろう？　アーサーを食い物にするつもりか」

時広はついため息をついてしまった。どう説明すればわかってもらえるのか、自信がない。アーサーを愛していると、一昨日に話したはずだ。財産目当てなんかではなく、離れたくなくてついてきたのだと、訴えたのに。

リチャードはもしかして恋愛経験がないのだろうか。アーサーの従弟だから外見はとてもモテそうだ。優秀な学生が集まる大学にも籍を置いている。両親からすでにいくばくかの財産を譲り受けているとも話していた。きっとモテるだろう。たくさんの女の子と付き合ったからといって、それが恋愛経験豊富と言えるかどうか。

現に、時広の身近にはアーサーという例がある。ゲイの世界でモテまくり、たくさんの美男たちと付き合ってきたらしいが、いつも半年も続かなかったと聞いた。時広が最長記録を更新し続けていると聞いて誇らしいし、単純に嬉しい。記録が途絶える気配はない、とアーサーも嬉しそうだ。アーサーほどの男でも、こういうことがあり得るわけだ。モテすぎると、本当はよくないのかも。

（リチャードも、同じような感じなのかな……）

つい、時広は出来の悪い生徒を見るような目を向けてしまう。それが伝わったのか、リチャードがムッとして睨んできた。

「なんだよ、反論があるならとっとと言えばいいだろう。そんな陰湿な目で見るな」

「……反論というか……一昨日も言ったけど、僕はアーサーを愛しているから、離れたくなくてついてきたんだ。たしかにアーサーは日本にいたときから羽振りがよくて、お金に困っていないみたいだったけど、そんなことは僕にとってどうでもいいんだ」

「どうでもいい？　そんなわけない。きっと近いうちにアーサーに遺言状を作って自分を遺産の相続人にしろとか、正式に同性婚しようとか言いだすに決まっている」

「アーサーが僕を生涯の伴侶として結婚しようと言ってくれたら、もちろんそれは嬉しいよ。感動で泣いちゃうかも。でも僕はアーサーの遺産なんて欲しいと思わない」

「どうして？　アーサーにもしものことがあったら莫大な金が手に入るんだぞ。遺言状がなくても正式に同性婚をしておけば、別れたときに財産分与してもらえるかもしれないし」

アーサーとの別離。想像しただけで辛いが、まったくないとは言いきれない。だからこそ、時広はこの国までついてきたのだ。今、この時を大切にしたいから。

「……アーサーと別れることになったら、僕はおとなしく日本に帰るし、もし不慮の事故や病気で彼が亡くなったら……楽しかった思い出だけをもらって、帰るよ。それがいつになるかわからないけど、日本には僕の実家があるんだ。もしまだ住めるようなら、そこでひっそりと暮らすだろうな。教師の資格を活かして働けるところを探して……学習塾とか、いいかもね。受験用の塾じゃなくて、学校の授業のサポート的なところ。元気で賑やかな子供たちと触れあっていたら、きっとアーサーを失った痛みが癒やされると思う」

本当はそんなときなんて来てほしくないけれど――。

想像だけで胸が締めつけられるように痛くなってきて、時広はうっすらと涙が滲んでしまった目尻を指で拭った。

「もし、もしも、アーサーをなんらかの理由で失ったら、僕はお金なんていらない。ただアーサーのことをいつでも思い出すだけの自由があればいい」

それが唯一の望みだ。

時広の本気が伝わったのか、リチャードが真顔で黙った。ペットボトルをぎゅっと握りしめて、手元を見つめている。それきりなにも言ってこないので、時広は「とりあえず買い物をしてきていい？」と言ってみた。

「いくつか買いたいものがあって来たから」

「……行ってくればいいだろう？」

勝手に行けば、という態度をとられて、時広は苦笑しながらカートを押して売り場に戻った。買い出しメモを見ながら、食材をカートに入れていく。

「そのメモ用紙には日本語が書いてあるけど、あんたの字か？」

耳元でいきなり訊ねられ、時広はあやうく声を上げそうになった。振り返ると、リチャードが立っている。てっきりまだベンチに座っているると思っていたのに、いつのまに背後についてきていたのだろう。

「このメモが、なに？」

「その字は、あんたのものか？」

「そうだけど……」

「あんたは買い出し係なのか？　それともハウスキーパーに手伝いを頼まれたのか？」

「……どういう意味？　うちにはハウスキーパーなんていないけど……」

リチャードがなにを言いたいのかわからなくて、時広は首を捻《ひね》った。

「ハウスキーパーがいない？　じゃあ、家事は誰がやっているんだ？　もちろんアーサーはなんでもできるだろうが、やらせていないだろうな。このあいだ部屋に入ったとき、どこもきれいだったぞ」

「家事のほとんどは僕がやっている。言っておくけど、アーサーは料理がまったくできなくて、掃除と洗濯なら少しできる。一人暮らしが長かったけど、学生時代も社会人になってからも、あまり自分でやろうとは思わなかったみたい。大学の寮にいたときは、友達にバイト代を払って掃除と洗濯をやってもらっていたらしい。社会人になってからは、週に二回か三回、ハウスキーパーを頼んで家事をやってもらっていたんだって」

アーサー本人から聞いたことなのに、リチャードは不愉快そうに顔を歪めた。アーサーが家事をしないことを、知らなかったからだろう。もう何年もまともな交流がなかったのだから仕方がない。

「あんた、料理ができるのか?」

「凝ったものでなければ、だいたいは。僕も一人暮らしだったし」

へぇ、とリチャードは相槌《あいづち》をうち、ふたたびカートを押して歩きだした時広の後ろをついてきた。時広が会計をすませるあいだもそばにいて、スーパーを出てもついてくる。

「リチャード、このまま部屋まで来るつもりなの？　アーサーに出入り禁止って言われなかった?」

「そんなことは言われていない」

嘘だ。言われているはずだ。アーサーは時広に嘘なんてつかない。

だがここで時広がリチャードを振り切ってアパートメントに駆けこむのは難しい。足の速さに自信がないし、アーサーの従弟であるリチャードをドアマンのアーロンに力ずくで排除してもらうような乱暴なことなど頼めない。

どうしようかな、と時広が逡巡したのは一瞬だった。

「うちに来る?」

「えっ?」

リチャードが驚愕に目を見開く。突然の時広からの誘いに、自分のほうがつきまとっているくせに返答を迷っているようだ。

「ちょうどおやつの時間だけど、お腹、空いてない？　部屋でなにか作ろうか?」

「あんたが、なにか食べさせてくれるわけ？」

つまりお腹が空いているらしい。いつアパートメントから出てくるかわからない時広を待ち伏せしていたのだから、ろくに食事をとっていないのではないか、と予想したら当たっていた。

「和食は嫌い？」

「オレは好き嫌いなんてない」

胸を張って応えるリチャードに、時広は微笑んだ。アーサーの両親は預かった甥も自分たちの子供も甘やかすことなく、きちんと食育をしたようだ。会ってみたい、という気持ちが芽生え始めていた。

「うどんくらいならすぐ用意できるけど、食べたことある？」

「ある。日本料理の店で食べた。あんた、作れるのか？」

「作るっていっても乾麺を茹《ゆ》でて、麺つゆを使うだけだよ。それでもよければ、おやつ代わりに」

「食べる」

元気よく答えたリチャードを、時広は「おいで」と手招きして来た道を戻った。

アパートメントに着くと、ドアマンのアーロンがリチャードを見て不審そうな表情をした。時広が「客だから」と言うと、目だけで了解の合図をし、通してくれた。

アーサーがエリックに頼んでリチャードを中に入れないようにしており、ドアマンの中でそれは伝えられていたはずだったことなど、時広は知らない。ただアーロンは「アーサーの従弟のリチャード」を入れないようにとは聞いていたが、「時広の客」をシャットアウトしろとは聞いていなかっただけだった。

部屋に着くと、時広はすぐキッチンに入った。リチャードもついてきて、カウンター越しに時広のやることを眺めている。鍋に湯を沸かし、二倍濃縮の麺つゆに表示どおりの割合で水を足し、小鍋で温めながらどんぶりを用意する。具がなにもないのは寂しいので、赤いカマボコを切り、刻んでから冷凍してあった葱《ねぎ》をのせた。

「はい、どうぞ」

ダイニングテーブルにどんぶりを置き、キュウリの形をした箸置《はしお》きとともに塗り箸を添える。

リチャードは「わぉ」と小さく声を上げ、目を輝かせた。

「食べていいのか？　日本人はイタダキマスと挨拶するんだろう？」

「そうだね。こうして」

時広が両手を胸の前で合わせると、リチャードも真似をした。

「いただきます、って頭を下げる。すべての食べ物に感謝するんだ。同時に、料理してくれた人にも感謝するという意味がある」

「イタダキマス」

リチャードは箸を持ち——ちょっと持ち方が変だったが——うどんを勢いよく食べ始めた。

カマボコに箸を刺し、「これはなんだ？」と聞いてくる。

「魚のすり身を蒸したものだよ。あのね、リチャード、箸で食材を刺してはいけない。行儀が悪いと思われるよ」

「……そうか」

素直に頷いて、それ以降は箸で具を刺すことはしなくなった。基本的に育ちがいいので、根が素直なのだろう。時広はリチャードを初めて、かわいいと思った。

この従弟を、アーサーは時広のために遠ざけようとしている。やはりそんなことはよくないだろう。すべての人が仲良くできるなんて幻想は、いくら世間知らずの時広でも抱いていないが、アーサーとリチャードは親戚だ。彼らの両親だって、息子たちが仲違いすることなど望んでいないに違いない。

（ここは僕が頑張って、リチャードを懐柔……っていうか、餌付け？　も響きがよくないけど、僕が作ったうどんは嫌がらずに美味しそうに食べてくれているから、なんとか親しくなれたらいいな……）

あっというまにうどんをたいらげ、つゆまで飲み干したリチャードに、時広は緑茶を出してあげた。ぽってりとしたフォルムの湯呑みに口をつけた彼は、びっくりしたように目を見開く。

「なんだ、これ…。苦いんだけど、ほのかに甘い…？　しかも、このカップ、高級寿司屋で見たのと同じだ」

「この湯呑みはそんなに高価なものじゃないよ。お茶は、きちんと温度を守って淹れたから、美味しくできたんじゃないかな」

時広は自分もお茶を飲んでみて、ふうと一息つく。たしかに美味しく淹れられた。

「なあ、食べ終わったときも挨拶があるんじゃないのか」

「ごちそうさま、って手を合わせる。地方によっては、いただきました、って言うところもあるらしいけど」

「ゴチソウサマ」

リチャードは両手を合わせて行儀よく頭を下げる。出したものを気に入ってくれたようでよかった、とホッとした。

「あんた、本当に家事をしているんだな」

「そうだよ。僕には時間があるし、アーサーのためになにかしたくて。それに食事は生活の基本だから、バランスよくアーサーに食べてもらって体調管理をしたいと思って」

「日本にいたときは教師をしていたんだろ。栄養管理の資格も持っているのか？」

「資格はないけど、栄養学の基礎は小学生のときに学校で学んだ。日本の公立小学校では基本的にランチが給食だから、その中でバランスよく食べることも勉強するんだよ」

「そういう話はネットで見たことがある。事実だったんだな。日本では子供にそんなことまで学ばせるから、肥満が少ないのか？」

「それはあるかもね」

「あんた、軽そうだな」

「なにが？」

「体重」

ストレートに真顔で聞かれて、時広は言葉に詰まった。リチャードに比べたら軽いだろうが、日本では献血できないほどに痩《や》せてはいないし、べつに虚弱体質というわけでもない。

「太れない体質みたいで、ずっとこんな感じ…かな。でも困っていないから」

「あんたは困っていないかもしれないが、アーサーは子供を恋人にしているって誤解されやすいだろ」

「それは、まあ……。でも今さら背は伸びないし、太れないし、どうしようも……」

困惑する時広の前で、リチャードはため息をついた。それはいったいどんな意味がこめられたため息なのか。

あまりよくない空気の沈黙が落ち、時広はどうしようか考える。話題を変えるためにも、ここはまたなにかを食べさせるというのはどうだろう。リチャードは体が大きいので、うどん一玉くらいでは満腹になっていないかもしれない。

「おせんべいがあるんだけど、食べる？」

「それはなんだ？」

「お米で作られたお菓子。醤油味で美味しいよ」

「食べる」

リチャードが即答する。時広はいそいそと戸棚から以前日本食スーパーで買ったせんべいの袋を出したのだった。

◇◇◇

「なんだと？」

仕事から帰宅したアーサーは、時広の手料理で空腹を満たし、ソファで寛《くつろ》いでいた。そこに思いがけない告白をされて、うっかり剣呑《けんのん》な声を出してしまう。

時広は首を縮め、背中を丸めるようにして「ごめんなさい」と反射的に口走った。怯《おび》えるような様子に、アーサーは自分の態度を反省する。

「すまない、もう一度言ってくれないか。リチャードがここに来たのか？」

「あの……来たというより、僕が招いたんだけど……」

「彼が訪ねてきても相手をしなくていいと言っただろう」

「でも、僕が日本食スーパーに現れるのをずっと待っていたって聞いて、お腹が空いているみたいだったし、ゆっくり落ち着いて話す機会も欲しかったから」

「お腹が空いていた？　なにか食べさせたのか」

時広の料理は自分だけが独占できるものだと思っていただけに、アーサーのショックは小さくない。

「作ったのはうどんだけだよ。乾麺を茹でて、麺つゆを薄めて温めて……。食後におせんべいも出したけど。リチャード、美味しいって全部食べてくれたんだ」

嬉しそうに話す時広が、アーサーは面白くない。アーサーは子供のころから好き嫌いはあまりなかった。給仕されればだいたいなんでも食べる。リチャードは偏食ではないが、ジャンクフードは好きではない。その点、リチャードはジャンクだろうがスナックだろうが、腹が満たされればいいといった感じで、なんでもよく食べる。

そんなリチャードだ。時広が作ったものならぺろりとたいらげたことだろう。だからといって、それで時広に友好的な態度で接したとは思えなかった。

「どうせ、食べるだけ食べたら帰ったんだろう。私と鉢合わせすると面倒なことになるから」

「……そうだけど」

時広は言いにくそうに俯く。

「トキ、リチャードとのことは、私に任せてくれればいい。君は無理をしてリチャードを接待する必要はないんだ」

「無理なんかしていないよ」

時広は微笑んだが、本音と建て前が存在する日本人の言葉を、そのとおりに受け取らないほうがいいことくらい、この約一年で学んでいるアーサーだ。

ソファのアームに肘をつき、アーサーはしばし黙考する。時広は正面に立ったままだ。まるで親に叱《しか》られている子供のようで、あまり嬉しくない構図になっていることに気づいた。

「トキ、おいで」

両手を広げると、時広がおずおずと近寄ってきて腕の中にすっぽりとおさまってくれた。こうして抱きしめていると、時広が自分だけのものだと実感できる。とても安心するのだ。時広もそれは同じらしい。

「トキ、私は君が心配だ。リチャードが暴力的な男ではないと、私は知っているが、人間は誰しも理性を失うときがある。君がリチャードを部屋に上げて、いったいなにをしているのか……私は非常に気になる。心無い言葉をぶつけられていないか、怖い思いをしているのではないか、一人で泣いているのではないかと」

「アーサー、それは考えすぎ。今日のリチャードはとても紳士的で、ひどいことはなにも言われなかったし、僕が出したものはみんなきれいに食べてくれた。本当に僕のことが嫌いだったら、食べないでしょう？　ちゃんといただきますと手を合わせてから食べてくれたんだよ。お箸も使えたし、行儀がよくて、すごくいい子だと思う。アーサーが心配することなんて、なにもないから」

リチャードを褒めておかなければと、時広は思い出せる限り、言動のあれこれを並べてみせているようだ。それをアーサーは無言で聞いていたが、しだいに頭が重くなってきて額を手で覆って俯いてしまった。

「アーサー？」

「トキ、すまない。話の続きは明日でいいか。今日は特別に疲れているようだ」

時広を膝から下ろし、アーサーは立ち上がった。なんだか胸がムカムカする。時広がリチャードのことを高く評価するたびに、気分は悪くなっていった。

「先に休ませてもらうよ」

途方に暮れたような顔をしている時広を気遣うことができず、アーサーは自分の部屋に入った。いつも二人で寝ているキングサイズのベッドに、一人で横たわる。

まさかリチャードに嫉妬心を覚える日が来るとは――。

苦笑いすら滲んでこないくらい、アーサーは落ちこんだ。時広の誠実さはよくわかっている。他の男に心を寄せることなんて、絶対にないだろう。それなのに、時広がリチャードを褒めるたびに嫉妬の炎がどす黒く燃え上がって胸を内側からじりじりと焼いた。

こんな最低の気分にさせているリチャードを恨んでしまいそうになり、アーサーは落ち着こうと深呼吸を繰り返した。ベッドから下りると、デスクの上で充電していた携帯電話を手に取る。リチャードに電話をかけた。応答があるまでに十回はコール音を聞くことになったが、アーサーは切らなかった。

『もしもし？』

控えめな低音でリチャードの声が聞こえてきた。電話をかけてきたのがアーサーだとわかっていたので、応じるのに時間が必要だったのかもしれない。

「リチャード、今日、またアパートメントに来たと、トキから聞いた。トキに食事を作らせて食べていったそうだな。もう二度と来ないでくれ」

『それは……約束できない』

「なぜだ」

『もっとトキという人間を知りたいし、その家はアートだけじゃなくて二人で暮らしている場所だろう？　トキがオレを入れてくれるのなら、アートがあれこれ言っても強制力はないよね。オレはそもそも無理やり入ったわけじゃない。トキが招き入れてくれたんだ』

「トキは優しいんだ。たとえ自分を排除しようとしている人間相手でも、誠意を尽くそうとする。だからもう来ないでほしいと言っている。トキはおまえを追い返せない。話は私が聞くから、もう私が留守のときに来るな」

『アートが話を聞いてくれる？　本当に？　二度と来るなって言ったばかりじゃないか』

「たしかに言ったが……」

アーサーは思わず舌打ちした。どう説得したらいいのかわからない。ビジネス上の交渉であればするすると言葉が出てくるのに、トキとリチャードが絡むと思考がうまく回ってくれなかった。

『オレは、二度と行かないなんて約束はできない。じゃあな』

「あ、おいっ」

ブツ、と通話が切れてしまった。今後もアーサーが不在のときに訪ねてくるつもりだろう。リチャードをアパートメントに入れないよう、ドアマンのエリックに頼んでおいたが、今日の午後はアーロンだったらしい。話が伝わっていなかったのか、それともあまり重要なことだとは思っていなかったのか。

リチャード対策をどうするか、いろいろと考えていたら、ずいぶんと時間がたっていたことに気づいた。時広はどうしているだろうと自分の部屋を出ると、リビングは無人だった。灯りはついているが、時広はいない。

にわかに焦燥感を抱いた。まさかこんな時間に一人で外に出ていったのかと、時広の部屋のドアをノックして覗いてみた。姿がないことにギョッとしたが、バスルームからシャワーの音がしている。

時広はちゃんと家にいた。アーサーは安堵《あんど》して、自分もシャワーを浴びることにした。部屋に戻ってシャワーを使い、パジャマに着替えてベッドで時広が来るのを待った。時広の入浴が長いのを知っている。バスタブに湯を溜めて浸かるだけでなく、アーサーにいつでも抱かれることができるよう、準備するからだ。

今夜はとびきり優しくしてあげよう、とアーサーはセックスについて思いを巡らせる。今まで何人もの男と抱き合ってきたが、時広は特別だ。なにも知らなかった時広にひとつひとつ教えていくのは楽しかった。今ではすっかりアーサーのセックスのやり方を覚えてしまい、アーサーが時折降参しそうになるほどの体に成長した。

「……遅いな」

アーサーは時計で時刻を確認して首を傾げた。もしかしてバスタブで眠っていないだろうな、と心配になって様子を見に行くことにした。時広の部屋のドアはわずかに開いていた。

さっきは灯りがついていたのに、今は暗くなっている。その意味に思い至り、アーサーはしばし立ち尽くす。時広のベッドがドアの隙間から見えた。ドアに背中を向けて、時広はもうベッドに横たわっている。

（一人で寝たのか……？）

ここに住み始めてから、初めてのことだった。

東京《とうきょう》のホテルで暮らしていたあいだも、ここに住むようになってからも、ずっと一緒に寝ていた。もちろん出張などアーサーの仕事の都合で夜を別の場所で過ごすときは何度かあったが、それ以外の理由で別々に寝ることなどなかった。

アーサーはショックのあまり瞠目《どうもく》した。部屋に飛びこみ、時広を揺り起こし、なぜ一人で寝るんだ、私のベッドに来てくれ、と時広に訴える勇気はなかった。

さっき、リチャードの話を途中で切り上げ、自分の部屋にこもってしまったのが悪かったのだろうか――。

時広は茫然とした表情で自分を見送っていなかったか？　あのとき、なぜ自分は胸に渦巻く嫉妬心にしか気持ちが向かなかったのか？　時広の心情をなぜ思いやれなかったのか？

きっと、怒ったのだろう。

しかし、アーサーにも時広に対する憤りが、少なからずある。

リチャードはアーサーの従弟だ。対処はこちらに任せてほしいと告げたのに、時広は言うとおりにしなかった。アーサーの許可なく、不在時に部屋に入れ、食事をさせた。従弟とはいえ男と二人きりで数時間を過ごしたのはいけないことだし、時広の料理はすべてアーサーのものだ。市販品であろうが時広が調理したものは麺つゆの一滴すら、リチャードの口に入れたくなかった。

時広こそ、アーサーの複雑な気持ちをわかってくれていない。身内が同性愛を受け入れてくれず、大切な恋人を攻撃しようとしているなんて、恥ずべきことだ。今の時代、性の多様化を社会は受け入れる方向へと動いている。それなのにリチャードは時代に逆らい、理解しようとはしない。彼がなにか喋るたびに、アーサーのプライドは傷ついていた。

（トキ……）

時広を愛している。だからこそ、リチャードの心無い言葉から守ってあげたかったのだ。

なぜわかってくれないのか。

時広には兄弟がいない。親戚もいない。両親もすでに他界している。だからアーサーの家族への漠然とした憧れがあるのは感じていた。みんなと仲良くしたいのだろう。それは理想ではあるが、すでに成人した人間の凝り固まった思考を変えさせるのは大変な労力が必要となる。その役目はアーサーが担うべきで、時広ではないと思うのだ。

わかってほしい。時広には、無理をさせたくない。自分に任せてくれればいい。

（私は間違っていない）

そう確信しているから、アーサーは深呼吸して心を落ち着け、そっとドアを離れた。自分の部屋に戻り、一人でベッドに横たわる。

（しばらく冷却期間を置こう。私とトキはこれからも長く付き合っていく間柄だ。身内について、じっくりと考える時間があってもいいだろう）

そう自分を納得させて、アーサーは目を閉じる。

明日も仕事があるから眠らなければならない。けれど、やはりベッドを別にされたショックのあまり神経が高ぶっているのか、なかなか眠りは訪れようとはしなかった。

◇◇◇

重いため息が出て、時広は今日何回目のため息だったかなと指を折って数えた。すぐに数えきれないとわかって、やめた。

リチャードのことでアーサーとぎくしゃくしてから数日がたっている。派手なケンカをしたわけでもなく、まったく顔を合わさないわけでもない。会話もする。時広は毎日きちんと家事をして、買い物をしたり祐司と会ったり、表面的には穏やかで変わらない日々が過ぎていた。

ただ、セックスをしていない。時広は自分のベッドで眠るようになっていて、それをアーサーはとくに咎めることなく、何日も別々に夜を過ごしている。

今朝もアーサーは出勤していくとき、時広にキスをしてくれたが、熱のこもらないサラッとした触れるだけのキスだった。本来、それが挨拶のキスなのだろうが、アーサーに限っては「仕事に行きたくない」とか「このままトキとベッドに行きたい」などと甘い言葉を囁きながら体が熱くなってしまうようなキスを朝っぱらから仕掛けられることが多かったので、とても物足りない。

最初にアーサーのベッドに行かなかったのは時広だ。いけないと言われていたのにリチャードを家に上げたのがよほど気に入らなかったのか、冷たい態度をとられて、時広は悲しみを感じると同時に腹が立った。冷静になるために一人で眠ろうと思ったのだ。アーサーのベッドに入ってしまえば、たぶんセックスで誤魔化されてしまう。

翌朝、何事もなかったかのように日常が始まると期待していた時広だが、起きてきたアーサーは機嫌が悪かった。よく眠れなかったようで、顔色も冴《さ》えなかった。ちらりとも視線を向けてくれないアーサーに、時広はなにも言えなくて、そのまま数日が過ぎてしまったのだ。

たしかにアーサーの言いつけを守らなかった自分のほうが悪いのだろう。

けれどリチャードはアーサーの従弟で、時広がなんとか理解してもらって仲良くしたいと思うのは当然だ。とくにおかしな発想ではないはず。それなのにアーサーが頑《かたく》なに「相手にするな」「無視しろ」と言うから――。

時広は自分が悪いことをしているとは思えなくて、アーサーに謝れない。アーサーも時広に歩み寄ってくれない。

もうすぐバカンスだというのに、二人の雰囲気は悪くなっていた。このままの状態で両親に会いに行くのかと考えると、時広はますます憂鬱になった。

リチャードはそんな空気がこの家に満ちているとは知らず、毎日通ってくるようになっていた。時広は昼食とお茶菓子を用意して、歓待している。

リチャードの餌付け（？）は成功しているようで、日に日にフレンドリーになってきて、時広と気安くお喋りしてくれるようになった。

会話の内容は、最初のころはアーサーに関することがほとんどで、馴《な》れ初《そ》めを聞かれてストーカー事件の経緯を話した。リチャードはとても真剣に聞いてくれ、二度目の拉致事件に言及すると沈痛な面持ちになった。そして「無事でよかった」と言ってくれた。

「たぶん目に見えない心の傷は大変なものだったと思うが、少なくとも体に傷はつけられなかったんだろう？　アートがあんたを助けることができて、本当によかった」

アーサーの活躍に感銘を受けたようだった。

今では時事問題や、リチャードの学友のこと、時広の教師時代のことにも話すようになっている。アーサーとまともにコミュニケーションが取れていないせいか、お喋りは楽しかった。

しかし——リチャードはフレンドリーになってはいたが、アーサーと時広の仲を「全面的に賛成」と意見を百八十度変えてくれたわけではない。それでも、敵を見るような目を向けなくなってくれただけでも、時広はありがたいと思っていた。

その日も、アパートメントまで来たリチャードに、時広はケチャップたっぷりの特大サイズのオムライスを作ってあげた。「こんなのは、初めてだ」と目を輝かせ、ぺろりとたいらげた旺盛な食欲を感心しながら眺めたあと、時広はお茶を淹れるためにキッチンで湯を沸かした。

リチャードは時広が淹れる緑茶を気に入ったらしく、毎回、飲みたがる。時広は食器棚から客用の湯呑みを取ろうとして、アーサーの湯呑みに目を止めた。

（アーサー……）

そういえば、ここのところアーサーに緑茶を淹れてあげていない。以前は夕食後にコーヒーかお茶を淹れて、リビングのソファでゆったりと二人の時間を楽しんでいたのだが、今は食事が終わるとすぐに自分の部屋に行ってしまう。口では「調べなければならないことがあるから」と言うが、本当に毎晩そんなに調べものがあるのだろうか。

アーサーがなにを考えているのか、わからなくなってきた。

来週末にはバカンス期間に入り、まずはフロリダにいるアーサーの両親に会いに行くことになっているのに、こんな状態でいいとは思えない。もちろん、ちょっとぎくしゃくしたくらいでアーサーと別れることなど考えていないが――。

「トキ、湯が沸いているぞ」

ぼんやりとしていた時広は、カウンター越しにリチャードに注意を促されてハッとした。火にかけた薬缶《やかん》の注ぎ口から勢いよく湯気が吹き出ている。慌てて火を消し、食器棚から湯呑みを出す。急須《きゅうす》に茶葉を入れ、薬缶から湯を注ごうとして、うっかり蓋《ふた》が外れた。

「あっ！」

熱湯が薬缶から零れる。左手と腹部に湯がかかり、時広は一瞬、パニックになった。こんな初歩的なミスをした自分に茫然としてしまったのだ。

熱さを感じたのは数秒後。カウンターを回りこんできたリチャードに、「なにやってんだよ！」と怒鳴られてからだった。

「すぐ冷やせよ！」

左手にも湯がかかって赤くなっていた。腕を強く引っ張られ、リチャードにシンクの前へと連れていかれて流水に晒される。

「おまえ、服が濡れてるじゃないか。腹のあたりにもかかったのか？」

「そうみたい……」

「そこも冷やさないと。シャワーを浴びてこい。水で腹も冷やせ」

左手をびしょびしょにした時広を、リチャードはバスルームまで連れていってくれた。

「ほら、服のままでいいから、まずは水を浴びろ。水泡はできていないな？」

室内履《ば》きを脱がされ、バスタブの中に着衣のまま立たされた。ザッとシャワーノズルから冷たい水が飛び出してくる。夏とはいえ、水の冷たさに時広は身を縮めた。

「おい、しっかりしろ。どこまでオレに世話を焼かせるんだ。自分で冷やせよ」

「ご、ごめん」

「ちゃんと冷やすんだぞ。キッチンはオレが片付けておくから」

「ありがとう」

リチャードはすぐにバスルームを出て行った。

ひとつ息をつき、そっとTシャツをめくってみたら、湯がかかったあたりが少し赤くなっていた。たいした火傷ではなかったようだ。

「ダメだなぁ、火を使っているときにぼーっとしてたら……」

反省しなければならない。時広は濡れた服を脱いだ。全裸になって、ほかに湯を浴びてしまったところはないか自己診察をする。大丈夫のようだ。

「………ん？」

ふと、おのれの下半身を見下ろしていて気づいた。平らな腹の下には、貧弱な二本の脚が生えている。その根元には髪と同じ黒いアンダーヘアがあり、ここのところ使用していない性器が平常時の状態でちんまりと項垂《うなだ》れていた。いつもと変わらない景色のように見えて……。

「あれ？」

肌が白く、ヘアが黒いから、違和感がはっきりしている。

「あれ？　なんで？」

いつもと変わらない景色のはずが、一点だけ、違いがあった。性器のちょっと上、アンダーヘアが茂っているあたりに、ぽっかりと丸く無毛の場所があったのだ。

「……うそ……どうして？」

今まで、こんな状態になったことがない。もともと、体毛は濃いほうではないが、まんべんなく生えていて、無毛の場所なんてなかったはず。ましてや円形で。

たった今気づいたが、いつからこんなことになっていたのだろう。

アーサーから指摘されたことはないから、たぶん気づいていない。というか、知らない。

ベッドを別にしてからの変化ではないだろうか。

火傷よりも、こっちのほうが時広には衝撃で、茫然と立ち尽くしてしまった。そのあいだもシャワーノズルからは水がざあざあと流れていて、足元を冷やしている。寒気を感じて、ぶるっと体が震えた瞬間、時広は盛大なくしゃみをした。

「……ッシュン！」

その反動で足が滑った。

「わあっ！」

バスタブの中で思いきり尻もちをつき、ほとんど逆さのような体勢になってしまう。背中も太腿《ふともも》も打ったようで、あちこちがズキズキした。

「痛てて……」

のっそりと起き上がろうとしたとき、「大丈夫か？」と慌てた様子でリチャードがバスルームに飛びこんできた。

「すごい音が聞こえたが……」

「転んだだけ。ごめん、大丈夫だよ」

えへへ、と笑って立ち上がろうとした時広に、リチャードが手を差し伸べてくれた。引っ張り上げてくれるのは嬉しいが、時広は全裸だ。ノンケのリチャードにとっては同性の体はなんら興味の対象にはならないかもしれないが、時広は違う。恥ずかしい。誇れる肉体美ではないから、なおさらだ。

「あの、一人で大丈夫だから」

「なに遠慮してんだよ。ほら、立てよ。腹はどうだ？　ああ、少し赤くなっているな」

　バスタブの中に座りこんでいる時広を、リチャードは無遠慮に見下ろしてくる。ここで女の子のように「キャーッ」と叫べたら察してくれたかもしれないが、時広はそんなことはできない。ぐっと奥歯を噛みしめて、できるだけさりげなくシャワーカーテンで隠そうとするだけだ。

「あんた、すっごく細いな。ちゃんと食事しているのか？　それとも病気なのか？」

「食べてるよ。病気はない。いたって健康体だけど」

「ふーん……」

　立ち去りそうにないので、時広はタオルを取ってほしいと頼むかどうか迷った。

「なあ、それって剃《そ》ってるのか？」

「えっ？」

「丸くハゲているだろ。アンダーヘアが」

　ずばりと指摘されて、時広は息を呑んだ。

　見られた、知られた、アーサーも知らない体の変化を、リチャードに知られてしまった。

　サーッと頭から血の気が引いていく時広の様子に、彼は不審を抱いたようだ。

「……それ、わざとじゃないのか？」

　空気を読む、という能力を、誰でもいいからリチャードに教えてあげてほしい。

「てっきりアートかあんたの趣味でそうしているのかと思った。わざとやったんじゃなければ、なに？」

そんなこと、こっちが聞きたい――。

時広は天を仰ぎたくなった。


「たぶん、円形脱毛症だな」

バスルームから出て、きちんと服を着てから、時広は携帯端末で調べた結果をリチャードから聞かされた。

すっかり冷えてしまった体に、熱いコーヒーが美味しい。ため息をつきながら、時広はマグカップの中をじっと見つめる。褐色の液体に、ぼんやりと自分の顔が映っていた。

円形脱毛症がアンダーヘアにもできるなんて、知らなかった。びっくりしている。原因はたぶんストレスで、リチャードが現れてからのモロモロが作用したのだろう。

「頼みがあるんだけど……」

「なんだ？」

端末から顔を上げたリチャードは、とくに動揺した様子はない。淡々としていて、それが時広にはありがたかった。一緒になって動揺されたら、たぶん収拾がつかなくなっていただろう。

「アーサーには黙っていて」

時広のお願いを、彼は無言で受け止め、頷いてくれた。

「頃合いをみて、僕の口から伝える。そのうち治るかもしれないし」

「治る？　そんなに簡単に治るかな。原因はストレスだろ。オレのこと？」

「いや、違う。自分の心の問題だと思う」

一番根っこのところにあるのはリチャードのことだろうが、ストレスはそれだけではないはずだ。すべてをリチャードのせいにはしたくなかった。だがアーサーはどう思うだろう。

（僕がアーサーの言うことを聞かずにリチャードに会っていたせいだって言いそうだ……）

それか、自分の家族の問題が時広を苦しめたと、一人で悩むかもしれない。

できればアーサーには知られたくない。すぐに治るだろうか。治ってくれれば、アーサーを悩ませずにすむし、リチャードに迷惑をかけずにすむ。

とりあえず、今ベッドをともにしていないので、このまま何日かやり過ごせるだろう。だがバカンスに突入してしまったら、そうもいかない。

「できるだけ早く治したいよな。オレ、病院を探すよ。とりあえず皮膚科か？　あんた、保健ってどうなってんだ？」

「う……………知らない……」

「知らないのか？」

呆《あき》れたような目で見られて、時広は小さくなるしかなかった。すべてをアーサーに任せきりにしていた弊害が、今出てきたような感じだ。頼りがいのある恋人に、雑事を頼っていたことを、今さらながら実感する。

自立しなければ。いつまでもアーサーの優しさに甘えていては、そのうち呆れられるかもしれない。それに——甘える生活に慣れすぎて、一人になったとき、自分で立てないくらいに弱くなっていたらどうするのか。

アーサーとの別れなんて想像したくないが、まったくあり得ない話ではない。

今回のことで、時広が意外にも強情だとアーサーはわかったに違いない。そのうえちょっとしたストレスで身体に異常をきたすなんて軟弱すぎる。アーサーにとっては、セックスレスも大問題だろう。

従順で理想的な恋人ではなくなってきた時広に、アーサーが愛想を尽かしたとしたら——。

最悪の想像に、時広は胸がギュッと痛くなった。

「わかった。じゃあ、オレがなにか効果がありそうなものを調達してくる」

「効果がありそうなもの？」

「育毛剤とか、リラックス作用があるハーブとか、オーガニックの食材とか？」

リチャードは立ち上がると、携帯端末を操作しながら玄関へ向かった。時広は慌てて後を追い、広い背中を見上げる。振り向いたリチャードが、苦笑いした。

「なんて顔をしているんだよ、あんた」

どんな顔なのか、自分ではわからない。

「オレは勝手にアートに喋ったりはしないから、心配するな。早く治したいなら、あんたは気持ちを落ち着けて、規則正しい生活を心がけるんだ。ネットにはそう書いてあった」

じゃあな、と玄関を出ていったリチャードを、時広は黙って見送った。

◇◇◇

ここ数日、時広の様子がおかしい。

アーサーはあまり顔色がよくない時広が心配でならなかった。

リチャードのことで意見が衝突し、ベッドを別にしてから一週間以上が過ぎた。もう今週末には待ちに待ったバカンスに入る。それなのに二人の仲はぎくしゃくしたままで、アーサーはやきもきしていた。

冷却期間を置き、アーサーもアーサーなりに反省した。きっと時広も反省し、一人寝が寂しくてたまらなくなっているだろうと思い、先週末に仲直りの印として花を買って帰った。

時広はびっくりした顔で受け取り、笑顔になってくれたが、すぐに憂鬱そうな表情になってしまった。夕食は変わらずに美味しかったが、時広は食欲があまりないように見えた。

「トキ、少し話がしたい」

「ごめん、もうすぐ友達から電話がかかってくることになっているから、自分の部屋で待たなくちゃいけないんだ」

リチャードの件について、あらためて話し合おうとしたが、時広は食後のティータイムを断ってきた。パートナーとの大切な話し合いよりも重要な電話なのかと、時広を問い詰めそうになった。だがそんな配慮のない態度を取るわけにはいかない。時広はアーサーの恋人だけれど、所有物ではないのだ。おたがいのプライベートは尊重しなければならない。

細い背中がドアの向こうに消えていくのを、黙って見送るしかなかった。

(……今夜もトキを抱きしめられないのか……?)

こんなに長い間、時広に触れなかったことなどない。出勤時と帰宅時のキスはしているが、一瞬重ねるだけのものだ。アーサーは時広を抱きしめたかった。華奢ではあるが脆《もろ》くはなく、しっかりとした芯がある不思議な時広の体。そして蕩《とろ》けるような極上の快感を与えてくれる体。アーサーがセックスを一から教えた。どこもかしこも敏感で、それを恥ずかしがる時広の仕草が愛しさをかきたてる。

ひとつひとつ快感のポイントをたどり、時広の体に火をつけていくのは楽しい。燃え上がった時広の、快楽が待つ奥深くに身を沈める瞬間——二人はひとつになるのだ。

あの充実した時間を、また味わいたい。何度味わっても飽きることはない。不思議なことに、毎回新しい発見がある。時広にも、自分にも。

過去の恋人たちとのセックスを、アーサーはほとんど忘れてしまった。時広はアーサーを恋愛経験豊富な男だと思っている。たしかにセックスだけは数えきれないほど経験してきたが、たった一人の恋人と半年以上も付き合いが続いたのは初めてで、同棲したのも初めて。

だからこんなふうにセックスレスで寂しさを感じたり、相手の体調を気にしたりするのも、初めての経験だった。生活をともにすれば、パートナーのすべて――とは言わないまでも、だいたいのことが把握できると思っていた自分は甘い。こんなに近くにいるのに、時広がなにを考え、なにを思っているのか、わからなかった。

「ボス、もうすぐバカンスだというのに、トキとはまだ和解できていないんですか？」

エミーがたまりかねたように話しかけてきた。

オフィスで仕事中だ。休憩時間でもない限り、アーサーと違ってエミーはビジネスに関係のない話題を振ってくることはない。それなのに口を出してきたのは、ここのところあまりにもアーサーが冴えない表情をしているので、静観していることができなくなったのだろう。

「顔に出ているか？」

「日に日に憂鬱さが増していますよ」

リチャードのことがきっかけで微妙な空気になっている、とは話してあった。エミーはアーサーが時広を溺愛《できあい》していることをよく知っているので、たいした問題ではないと聞き流しているようだった。まさか何日も引きずって、バカンスの直前になっても解決しないとは思ってもいなかったのだろう。

「ボスのほうから話さない限り口出しはしないでおこうと思っていたのですが、私まで憂鬱になりそうなのでいい加減にしてほしいです」

「それはすまない。でも、私もどうしたら解決できるのかわからなくなっているんだ」

ついため息が口をついて出た。

「アーサー・ラザフォードともあろう男が、なんて情けないことを言っているんです。きちんと膝を突き合わせて話し合えばいいじゃないですか」

「肝心のトキが、話し合いの席についてくれないんだ」

あら、とエミーが目を見開く。

「それは深刻ですね。もしかしてトキがボスを避けている感じですか？」

避けている、と現状をはっきりと言葉にされて、アーサーはグサッと胸を槍で突かれたような衝撃と痛みを感じた。思わずデスクに突っ伏し、ズキズキと痛みを発している胸を手で押さえる。

「リチャードのことだけでなく、なにか別のことでトキを怒らせたのでは？　心当たりはありませんか」

「なにか別のこと？　そんなもの、心当たりなどない。私とトキは、魂のレベルで結ばれているんだ。そのへんのカップルと一緒にしないでくれ」

「それ、本気で言っています？」

胡乱《うろん》な目を向けられ、アーサーはチェアを回転させて窓から外を眺めた。アパートメントの方角に視線を移す。今ごろ時広はなにをしているだろうか。

「トキが気になりますか？」

「当然だ」

またため息をつきながら、アーサーはぼうっと外を見る。すると背後でエミーのチェアが軋《きし》んだのが聞こえた。コツコツとヒールが床を打つ音が近づいてくる。振り返ると、エミーがデスクの向こう側に立っていた。手には書類の束を持っている。

「仕方がありません。今日はこれを処理したら帰宅してもいいです」

「えっ？」

反射的に差し出された書類を受け取り、アーサーはまじまじと秘書を見つめる。仕方がない、と口では言いながら、エミーも時広を心配しているようだった。

「帰ってもいいのか？」

「どうせ効率は最低ですし、今日はとくに急ぎの案件はありません。その代わり、それだけは処理していってください」

「わかった」

「絶対に今日中に解決してくださいよ。ボスのためではなく、負担が増える私と、トキのためです」

アーサーはエミーの思いやりに感じ入りながら、しっかりと頷いた。

それからは即行で書類を片付け、アーサーはエミーに「帰ってよし」と許可を得てからオフィスを出た。

いつもより二時間も早い帰宅になる。タクシーを使ってもよかったが、アーサーは徒歩を選んだ。歩いて帰っても、たいして時間はかからない。アパートメントへ帰り着くまでに、考えをまとめるつもりだ。

時広はどうしたら話し合いの席についてくれるだろうか。

責めてはダメだ。まず、笑顔で接しよう。そして優しく抱擁して、まだ夕食の支度は始めていないだろうから、ひさしぶりに外食を誘うのはどうだろう。いきなり話し合いではなく、美味しいものを食べてリラックスさせ、恋人らしい時間を過ごし、ゆっくりと時広の心を開かせていくのだ。

リチャードの対処法については、おたがいの妥協点を探ろう。時広がリチャードと仲良くしたいと思っているなら、アーサーはそれを全面的に否定するのではなく、どこかで折り合いをつける。時広にも多少は折れる部分を作ってもらって、アーサーの気持ちも汲《く》んでもらうのだ。

（できる。私たちは愛しあっている恋人だ。これからもずっとともに生活していくのだから）

ぐっと決意の拳を握ったところで、アパートメントに着いた。ドアマンのエリックが軽く会釈してくる。

「ミスター、伝えたいことが」

呼び止められた。嫌な予感しかしない。

「なんだ？」

「従弟が来ています」

「えっ？　どうしてここを通したんだ！」

ついエリックを非難するような目になってしまう。通さないようにと頼んでおいたはずだからだ。

「申し訳ありません。ミスターのパートナーであるトキが同伴していて、制止することができませんでした」

時広が招いたのだ。申し訳なさそうなエリックに怒りを向けることはできない。

「私以外のドアマンに問い質《ただ》したところ、従弟と思われる人物の訪問が、何回かあったようです」

思わず舌打ちしてしまった。アーサーは頷いただけでエレベーターへと急いだ。

何回もリチャードがここに来ていた――。時広はどうしてアーサーに報告しなかったのだろうか。ここ最近の時広の気鬱はリチャードに関することだろうと考えてはいたが、繰り返されていた訪問自体がストレスになっていたのだとしたら、アーサーにはもう悠長に話し合っている余裕などない。大切な時広を追い詰めているリチャードを許せそうになかった。

たとえ弟同然の従弟といえども、人生のパートナーと決めた時広を守るためなら縁を切る。

アーサーはついさっきの「落ち着いて話し合う」という決意などどこかに放り出して、足音も荒々しく玄関にたどり着いた。

ロックを解除しようとして、ふと二人がどんな会話をしているのか知りたくなった。

リチャードが密室で時広に暴言を吐いているとしたら、絶縁する理由になる。携帯電話をスーツのポケットから取り出し、録音機能を確認した。証拠があれば、両親にも説明しやすいだろう。

できるだけ物音をたてずに、アーサーは静かに玄関ドアを開けた。足音を殺して、逸《はや》る心を抑えながら廊下を進み、閉まっているリビングのドアにぴたりと耳を当ててみる。ぼそぼそと話し声が聞こえた。どうやら言い争いのようなやり取りはしていないようだ。

細心の注意を払いながらリビングのドアを開けた。細く開いた視界に、リビングのソファに並んで座っている時広とリチャードの横顔が見える。二人は真顔でひとつのモバイルを覗きこみ、なにかを検討しているようだ。

暴言どころか、室内は静かだ。意外なことに、二人が仲良くしているように見える。

（これはいったい……どういうことだ？）

想像とまったく違う光景に、アーサーは戸惑った。

「ほら、ここにこう書いてあるだろ。コレは効くんだって。いいから試してみろよ」

「本当に体に悪くない？　大丈夫？」

「最初にオレが薦めたやつは効果があったんだろ。いい加減にオレを信用しろよ」

「効果っていうほどの効果はなかったよ。すぐやめちゃったし……」

「どうしてやめるんだ。続けないと意味ないいんじゃないか？」

「だって、変な匂いがして、気分が悪くなるっていうか……」

「そんなに変な匂いだったか？」

二人はごちゃごちゃと会話をしている。いったいなににについて話し合っているのか、アーサーにはさっぱりわからない。

（私が知らないあいだに、二人は共通の趣味でも見つけて、仲良くなったのか？　私は蚊帳《かや》の外か？）

仲間外れにされていた事実に、アーサーは愕然とする。カッカと頭に上っていた血がすーっと下がっていった。

「範囲は広がっていないのか？」

「うん、あのまま……だと思う」

「ちゃんと測っておけよ」

「えーっ、あそこに定規でも当てろって言うの？」

「そのくらいなんでもないだろ。ペニスの長さを測れって言ってんじゃないんだからさ。そもそも測るほどのサイズじゃないだろ」

リチャードがニヤリと笑ったら、時広が頬を赤くした。

「人が気にしているサイズのことを茶化さないでくれる？　今は関係ないでしょう」

「体格だけじゃなく、あそこまでキッズサイズだとは思わなかったな」

「だからそういうことを言うなって！」

時広が耳まで真っ赤になって怒った。アーサーは衝撃のあまり息をするのさえ忘れた。

今リチャードはなんと言った？　時広のペニスのサイズがなんだって？

まさか、まさか、まさか――。

リチャードは時広の股間を見たことがあるのか。アーサーが愛してやまない、時広のかわいいペニスをその目で見たのか。時広はそれを許したのか。無理やりではなく、こんなふうに冗談交じりで話せるくらいのことなのか。

「あそこ、見せてみろ」

「嫌だよ」

「本当に最初と変わっていないのか？　かぶれとかは？」

「ないない。ないから。ちょっとやめてっ」

リチャードが時広のズボンのウエストに指をかける。時広は抵抗しているが、死にもの狂いというわけではないのは明らかだ。リチャードにいたっては、口元に笑みが浮かんでいる。

(なんてことだ……)

頭から足元まで下がっていた血が、今度は一気に上がっていくのを感じた。胃の奥がふつふつと煮えたぎるように熱くなってくる。

(まさかトキに裏切られるなんて……)

しかも相手は従弟だ。リチャードはゲイを嫌悪しているようだったので、この展開はまったく考えていなかった。怒りのあまり頭がくらくらしてくる。視界が赤く染まるようだった。

一生の伴侶だと決めて、時広を両親に紹介するつもりだった。このまま二人で仲睦まじく暮らしていけるものだと思っていたのに——。

「あっ、ダメだって」

リチャードが時広をソファに押し倒したのを目の当たりにし、とうとう黙っていられなくなってアーサーはリビングに出ていった。

「二人とも、なにをしているんだ！」

激怒すると、人は声を震わせてしまうのだと、アーサーはこのとき知った。

弾かれたように振り返った時広の目に、「しまった」という感情が浮かんだのを、アーサーは見逃さなかった。信じていた者に裏切られる痛みが激しすぎて、握った拳がじわじわと持ち上がる。

　暴力は嫌悪すべきことだ。だが、破壊的な衝動が強すぎて、アーサーは抗《あらが》えなかった。二人への怒りをどこかにぶつけないと自分が壊れてしまいそうだった。そうはいっても、時広を殴るわけにはいかない。わずかに残った理性が、拳のふるう先をリチャードに定めた。

　一気に距離を詰めてリチャードに殴りかかったアーサーを、時広が驚愕の目で見る。

「アーサー？　なにするの、やめてよ、アーサー！」

　拳を握った右腕に時広が飛びついてきた。左手でリチャードの胸元を掴んでいるので身動きがとれなくなる。全力を出せば時広を振り払うことはできるだろう。彼は非力だ。

「なに？　なんなの？　アーサー、待って、待って」

「リチャード、一言だけ弁解を許してやる。なにか言え」

　彼はじっと見つめてきて、ひょいと肩を竦めた。その視線が時広へと向けられる。アーサーも時広を見た。右腕にぶら下がっている時広は青くなっており、その視線は戸惑うように泳いでいる。

「なにも言うことはない」

「そうか」

　アーサーは時広を振り払った。「あっ」と声を上げてソファに転がる時広を確認してから、アーサーはリチャードの頬に拳を叩きつけた。手加減はしていない。かわすことなくまともにパンチをくらったリチャードは床に尻もちをつき、呆れた目で初めて暴力をふるってきた従兄を見上げてきた。けれどなにも言わず、唇に滲んだ血を手で拭っている。

「アーサー……どうして……」

唖然としている時広に向きなおる。

「リチャードを部屋に入れるなと私は言ったはずだ。なぜ入れた。そして今なんの話をしていた。すべて説明しろ！」

感情を抑えることができず、声が大きくなった。時広にこんな大声で怒鳴ったのは初めてだ。怯えたように身を竦める時広に、苛立ちが増す。後ろめたいことがあるから、自分を恐れるのかと思ってしまった。

「なにがキッズサイズだって？　君は私以外の男に裸を見せたのか？　私が留守のあいだに、ここでなにをしていた？」

「なにって、なにも……」

「なにもせずに君の体について話し合っていたというのか？　そんなはずはないだろう！　私に言えないようなことをしていたんじゃないのか！」

「アーサー……」

時広が茫然と目を見開く。顔色は白くなっていた。絶望的なその表情に、アーサーは前言を

撤回したくなったが、暴走する舌はそう簡単には止まらない。

「君は一生のパートナーになる人だと思っていた。信じていた。それなのに、こんなふうに裏切られるなんて、私は――」

「裏切るってなに？　僕はなにもしていない！」

時広が悲鳴のような声で否定してきたが、アーサーは受け入れられなかった。

「ではなぜ、リチャードをたびたび部屋に入れていたことを私に言わなかったんだ。隠すことがなにもなかったなら言えたはずだ。私に隠れて、二人でなにをしていた。言えないということは、言えないようなことをしていた証拠だ。ここは私の金で借りた部屋だぞ。そこで、君が、私の従弟と、いったいなにをしていたんだ！　言ってみろ！」

時広の黒い瞳が、絶望色に染まっていくのを見た。今まで愛してやまなかった黒曜石のような瞳が、みるみる光を失っていく。アーサーはやっと我に返ったが、自分が時広になにを言ったのか、冷静に思い返す余裕はまだなかった。

「……………僕が、アーサーを裏切って、リチャードと浮気をしたって、言いたいの？」

機械が作り出した音声のような、空虚な声だった。

「そんなこと……するはずないじゃない……」

小さな呟きは、アーサーへの訴えではなかった。アーサーから顔を背けた時広は、ゆっくりとソファから立ち上がり、床に尻もちをついたままのリチャードに「ごめんね」と謝った。

「いろいろと相談に乗ってくれてありがとう。でももう会わないほうがいい。今まで面倒をかけてごめん」

「トキ、あんたは悪くない」

「……ううん、悪いのは僕だ。誤解されるようなことをしたんだから……」

ふらふらと足元が定まらない様子で時広がリビングを横切る。自分の部屋に向かっているようだ。アーサーをちらりとも見ようとしない、こんな時広を見たのは初めてでなにをどう声をかけていいのかわからない。しかし、このまま部屋に行かせていいものか――。

「トキ、その……」

時広とリチャードの雰囲気から、浮気は――なかった、らしい。たぶん。過去の恋人たちがアーサー以外の男と関係を持ったときと、まったく空気感が違う。

では二人はなんの話をしていたのか。それを知りたかった。

「トキ、話をしよう」

「今は一人にさせて」

振り返らないままで時広が言った。そっとドアの向こうに消えた恋人に、アーサーは途方に暮れて立ち尽くす。

「あーあ……、バカだな、アートは……」

リチャードのひとり言にムッとして振り返る。アーサーが殴った頬は赤くなっており、少し腫《は》れ始めていた。左頬を掌で押さえ、「痛てて…」と顔を歪めている。

「オレの尊敬する従兄殿は賢い男だと思っていたけど、どうやらバカだったみたいだ。幻滅だな」

「おまえのせいだろうがっ」

「まあ、たしかにアートに内緒でトキに会っていたのは悪かったよ。でもトキにも事情があったんだ。あんなふうに頭ごなしに怒鳴るなんて最低男のすることだろ。冷静に理由を聞き出せなかったのか？」

正論すぎて腹が立つ。アーサーはまた殴りたくなっている右手を左手で制した。

「トキの事情とはなんだ」

「オレの口から言うわけにはいかないな」

のっそりと立ち上がったリチャードは、リビングのローテーブルの上に広げていたなにかの雑誌や薬の瓶らしきものを、モバイル端末と一緒に自分のバッグに片付け始める。

「それは、薬か？　なんの？」

アーサーが訊ねてもリチャードの手は止まらず、バッグの中に入れられてしまった。そこでハッとする。

「まさか、トキはなにかの病に冒《おか》されているのか？」

だからここ数日は沈んでいたのか。ベッドを別にしたきっかけはリチャードのことだったが、その後もそれが続いていたのは、なにかしらの病気に罹っていたとしたら——。

「アート、トキを愛しているなら、過保護にするのはほどほどにしろよ。あいつは自分の健康保険がどうなっているのかすら知らないじゃないか。オレが病院を探そうって言ったら困っていた。いざというとき、アートは自分が付き添ってすべての処理をすればいいと思っていたんだろうけど、トキはいい年をした大人だろ」

「やっぱり病気なんだな。なんだ？　なんの病気だ？」

青くなってリチャードに詰め寄るアーサーは、自分が悲愴《ひそう》極まりない表情をしていることに気づいていない。五つも年が離れた従弟に、そんな顔を見せたことはなかった。リチャードはため息をついて、右手で自分の髪をがしがしとかき回す。

「ああもう、オレの理想の男はどこへ行ったんだ。オレは今現実ってものに直面して、内心複雑だよ。アートがこんなにダメなやつだったなんて……！」

「うるさい、トキの病気がなんなのか教えろ！」

「だからオレからは言えないって言ってるだろ！」

「私はトキのパートナーだ。知る権利がある！」

「うるせぇ！　オレは勝手に喋らないってトキと約束したんだ！」

「どうしておまえが知っていて私が知らないんだ。どうしてだ！」

「偶然見たんだよ、仕方がないだろ！」

「見た？　なにを見たんだ？　トキのなにを見た？」

リチャードはそこでぐっと口を噤《つぐ》む。あくまでも病名を言わないつもりらしい。アーサーは時広への心配と、自分が知らない時広の秘密を知っているリチャードへの嫉妬で頭がおかしくなりそうだった。

一触即発の沈黙の中で睨みあっていたときだった。

カチャッ…とドアノブが回る音がして、時広の部屋のドアが開いた。弾かれたように振り返ったアーサーの目に映ったのは、愛用しているショルダーバッグを斜め掛けにして、手に夏物のジャケットを持った時広だった。

顔色は白く、眼尻が赤くなっている。部屋にこもってから、少し泣いたのかもしれなかった。辛いです、悲しいです、とその表情が心境を語っている。アーサーの胸がズキリと痛んだ。こんな顔をさせたのは自分だからだ。

「ト、トキ……さっきは、その……」

「ちょっと出かけてくる」

感情が抜け落ちてしまったような声だった。ますますアーサーの胸がズキズキと痛む。

「どこへ？」

「祐司に会ってくる」

「……そうか、わかった」

知っている人間に会いに行くだけならいい。たぶん今日のことを誰かに話したくて連絡を取ったのだろう。時広は「行ってきます」も言わず、もちろん出かける際の習慣になっているキスもせず、玄関から出ていった。

残されたアーサーを、リチャードが気の毒そうに見てきた。

「アート、仕事はどうしたんだよ。早すぎるだろ」

「……ここのところトキの様子がおかしかったから、早退してきた。おまえの件で揉めて、ずっと寝室も別にしていて、いい加減、話し合わなければならないと思って――」

「それでオレとトキの密会場面に遭遇したってことか」

「密会とか言うな！　なにもしていなかったんだろうっ？」

怒鳴ってしまってから自己嫌悪し、アーサーはソファに体を投げ出すようにしてどさりと腰を下ろした。

「なにもしてないよ。するわけないだろ。オレはゲイじゃない」

「トキのあの魅力の前にはゲイもなにもない。たとえストレートでもトキがかわいらしく迫ったら落ちる可能性がある」

「ないない、ないって。アート、マジで頭がおかしくなってないか？」

「おまえはさっきトキの服を脱がそうとしていたじゃないか」

「あんなのはただジャレてただけだろ。男同士ならよくあることだ。本気じゃない。冗談だってわかってたからトキも本気で抵抗していなかった。そのくらい百戦錬磨のアートには簡単にわかることじゃないのか？」

「百戦錬磨？　私のどこが？　トキと付き合うようになってから、初めてのことばかりだ。過去の経験で得たスキルなど、まったく役に立っていない。いつも自制心を試されている。感情に翻弄《ほんろう》されて――このざまだ……」

アーサーは両手で顔を覆った。自分の言動で時広がどれだけ傷ついたか、考えるだけで泣きたくなってくる。いくら激高したからといって、言ってはいけないことを言った。

冷静になってよく考えれば、時広がリチャードと浮気するのはあり得ない。アーサーと出会うまで性的経験がなかった時広だ。貞操が固い時広が、出会ってわずか数回の男に気を許して体を開くなんてこと、あるはずがない。それなのに疑った。

さらにアーサーは、『ここは私の金で借りた部屋だぞ！』と口走ってしまった。

経済的にアーサーに頼る生活を、時広は気に病んでいた。だから自分でなにかできないかと、模索しているところだった。金のことなど気にしなくていいと言って連れてきたのは、アーサーだ。

「おまえ……いつのまにトキと親しくなったんだ」

「今さらそれかよ？」

リチャードが苦笑いする。その拍子に殴った左頬が痛んだらしく、また手で押さえた。

「まあ、トキと話しているうちに、悪いヤツじゃないなってのは、わかった。アートに本気だっていうのも」

あたりまえだ。だからこそ時広はここまでついてきてくれたのだ。

「それに、トキは料理が上手だ。オムライスは絶品だった」

「なんだと？　トキのオムライスを食べたのか？」

「食べた。ダイス状のチキンがたくさん入っているケチャップ味のライスはいいね。それを薄く焼いたタマゴで包むなんて、日本人は考えることが異次元だ。あれは今世紀最高の料理だと思う」

ちょっとうっとりした顔でオムライスを語るリチャードに、アーサーは舌打ちした。時広の料理はすべて自分だけのものなのだ。リチャードになど食べさせなくともよかったのに。

アーサーも時広が作るオムライスは大好きだ。いわゆる日本の家庭料理の定番といわれるものを作らせたら、時広はうまい。

きっと亡くなった祖母も、そうした料理が得意だったのだろう。

「そうか……。トキはおまえを懐柔するのに、料理を使ったんだな」

時広の策略にまんまとはまったわけだ。胃袋を掴まれると男は弱い。

「トキはいいやつだ」

リチャードはきっぱりと言い切り、すべてをわかったような顔でアーサーを見てくる。

「今回のことでアートの真実を知った。オレは盲目的にアートを崇拝していたようだ。アートも普通の男だとわかった」

「だからそれを私は今まで何回も言っただろうが」

すべてスルーしていたのはそっちのくせに。

「オレは一応、二人の関係については静観すると決めたよ。よく考えれば、家族のように育ったとはいえ、三十歳にもなる従兄の私生活に口出しするのはおかしいよな」

「わかってくれたならいい」

「ただ、トキがアートと別れたいと言ってきたら、味方をするつもりだ」

「なんだと？」

聞き捨てならない発言にアーサーが気色《けしき》ばむと、リチャードは肩を竦めた。

「もっと大きな器でトキを受け止めてやらないと、そのうち愛想を尽かされるぜ。トキは弱っちくて頼りなくて過保護にしたいアートの気持ちはわかるけどさ、やっぱりほどほどにしないと」

同じようなことを一日のうちにエミーとリチャードに忠告されてしまった。過保護であることを自覚していたつもりだが、思っていた以上にひどかったということか。

「逃げられる前に、反省して改善しろよ」

「おまえにそんなことを言われるとはな」

「言うさ。オレも反省しているからな。アートに夢を見すぎていた。現実を直視させてくれたトキには感謝しなくちゃ」

ニヤリと笑い、リチャードは玄関へ向かう。

「オレはカリフォルニアに帰る。トキと仲直りしろよ」

「わかっている」

じゃあな、とリチャードはひらひらと手を振って出ていった。

十数日前、いきなり訪ねてきたときとは表情がまったく違っていた。アーサーを偶像化するのをやめてくれたようでホッとしたが、その過程が――恋人との諍いを目の当たりにしてガッカリしたせいというのが、なんとも情けない。

アーサーは一人残された部屋で、しばし考えこんだ。

これからどうすべきか。時広になんと言って詫《わ》びればいいか。

「……とりあえず、着替えて夕食の支度をしようか」

アーサーのレパートリーは極端に少ないが、なにもしないでぼうっと時広の帰りを待つよりはマシだろう。失敗したらデリバリーになるが、それは仕方がない。ご機嫌取りと思われてもいい。誠意というものを見せたかった。

しかしその後、いくら待っても時広は帰ってこなかった。

午後九時を回った時点で祐司に電話をかけた。時広が今どこでなにをしているのか、心配でたまらない。アルバイト中かレッスン中かわからないが、祐司は応答しなかった。留守番電話になってしまうので、とりあえず伝言を残して待った。

祐司から電話があったのは、その一時間後だ。

『ハロー、アーサー？』

「ユウジか。忙しいところをすまない。今仕事中か？」

『そうだけど、休憩時間だから大丈夫』

つまり祐司は今自宅にいないということだ。では時広と一緒にいるわけではない。アーサーは全身に冷や汗が滲んできた。

「トキが今どこにいるか知っているか？　夕方、君に会いに行っただろう。そのあとどこへ行った？」

『夕方？　今日の？　会っていないけど』

悪い予感というのは的中するものだ。時広の身になにか起こったのかと、アーサーは約一年前のストーカー事件をまざまざと思い出した。あのときは間に合った。だが今回は？　時広が出かけてからすでに何時間もたってしまっている。

もし、もしも、時広がひどい目に遭っていたら、すべてアーサーのせいだ。

『もしかして、トキってばアーサーになにも言わずに帰国したの？』

「…………えっ……？」

帰国？　どこへ？　まさか日本へ？

『今日じゃなくて明日会う約束していたんだけど、夕方にキャンセルの電話があったんだ。そのとき、急遽《きゅうきょ》自分だけ先に日本に帰ることになったからって言ってた。単純に予定が変わったんだ……としか思わなかった。ごめん、アーサーが知らないとは思ってもいなくて、引き留めもしなかったよ』

「日本に帰る？　一人で？」

思わず手から携帯電話を落としそうになった。時広の身になにかあったのかと緊張した体から、一気に力が抜ける。では今ごろ、時広は機上の人となっているのか。

『ケンカしたの？　ちょっとびっくり……。でもまあ、一緒に暮していたら多少のケンカくらいするよね。もともと週末からバカンスの予定だったんでしょう？　さっさと仕事を終えて、追いかけたらいいと思うよ』

祐司はあまり深刻に考えていないようで、軽い口調に救われた思いがした。教えてくれた礼を言い、通話を切る。すぐにアーサーはエミーに電話をかけた。

「エミー、緊急事態だ」

『トキのことですか？』

やけに冷静な声音のエミーに、アーサーは不審を抱く。

「まさか、トキが今どこにいるのか知っているのか？」

『知りません。でもボスが緊急事態と言うときは、トキ以外のことではないと思いまして』

「当たりだ」

アーサーは苛立ちながら、時広が黙って帰国してしまったことを説明した。

「すぐに後を追いたい。バカンスを前倒しして明日から休んでもいいだろうか」

『ダメに決まっているでしょう。なにを言っているんですか』

まさに一刀両断、アーサーの希望をズバッと叩き落としてくれた。

『今週末からの休みに備えて、すべて段取りをしてあるんです。それをひとつずつ片付けてもらわないと困ります。なんのために今日早退したんですか。どうしてトキがボスに無断で帰国するような事態になったんですか。ヘタレるのもいい加減にしてください』

厳しい……。アーサーの秘書は一滴の甘さもないカカオ百パーセントの超がつくダークチョコレートだ。

『あと三日、きちっと仕事をしてください。そうでなければ私はもうボスの秘書を辞めさせてもらいます。私はやり手のビジネスマンをサポートする仕事をしているんですよ。駄々っ子の子守りではありません』

容赦ないエミーの言葉が鋭い矢になってアーサーの全身にぐさぐさと突き刺さった。よろめきながらソファに倒れこむ。

「君は、傷心のトキが心配ではないのか？」

『心配に決まっているでしょう。私はトキのファン一号を自任しています。唯一の心のよりどころであるボスと諍いをしてしまい、トキがどれほど打ちひしがれているか、心細く思っているか、想像しただけで涙が出そうです』

アーサーはエミーが泣くところをまったく想像できなかった。

『ですが、ボスがトキの後を追うことは容認できません。私も秘書のプロとして、ここは心を鬼にします。トキのことは東京のダイチに頼みましょう。私から連絡を取っておきます。あなたは仕事をすべて完璧にすませてから、予定どおりバカンスに入ってください。勝手に空港へ向かわないように。いいですね』

エミーにしつこく念を押され、アーサーは項垂れる。

恋のために、なにもかもを放り出していけるほど、もう若くない。一人で帰国したくなるほどに傷つけた時広を案じながらも、明日から三日間は身動きが取れない事実に、頭を抱えるしかなかった。

「そうだ、トキの病気は帰国したことになにか関係があるのか？」

病気の種類によっては、大智に頼むことが増えるかもしれない。時広にとっては慣れた日本の病院にかかったほうが安心だろうし——と、リチャードに電話をかける。

『アート？　どうした？』

すでにカリフォルニアに戻っているのかどうかはわからないが、寛いでいるらしいリチャードの呑気な声にイラッとする。自分がこんなに修羅場っているのに！

「リチャード、トキの病名を教えてくれ」

『だからそれは言えないって。トキに聞けよ。仲直りがうまくいかなかったのか？』

「それどころじゃない。トキはユウジには会っていなかった。あの足で空港へ行き、日本に帰ってしまったんだ」

電話の向こうでリチャードがふざけたようにピューと口笛を吹いた。

『やるなぁ、トキ』

「感心している場合じゃないっ」

『あれからトキには会えていないってことか？』

「そうだ。私としてはすぐにでも追いかけたいが、仕事があって行けない。早くても出発は三日後だ。日本にいるトキの友人に病気の件で頼まなければならないことがあれば伝えておきたい」

『んー……そうか、そういうことなら、言ってもいいかな』

リチャードが迷っているようなので、アーサーは何度も電話口で頼んだ。リチャードがいつかアーサーの助けが必要になったとき、絶対に尽力するから、と拝むようにして繰り返すと、やっと真相を教えてくれた。

「…………円形脱毛症……？」

想定外の病名に、アーサーは一瞬、言葉をなくした。

『しかもアンダーヘアに』

「………つまり、命に関わる病気ではないんだな？」

『内臓の精密検査をしたわけじゃないからオレからは断言できないけど、今のところボールド《十円》パッチ《ハゲ》のみだな』

アーサーはとっさに耳に当てている携帯電話を壁に投げつけたくなった。ぐっとその衝動を呑みこみ、深呼吸する。十円ハゲごときで避けられまくり、セックスレスになり、懊悩《おうのう》の果てに従弟との浮気を疑ってしまい、日本に逃げ帰られた――。

これはいったいどういう悲喜劇《トラジコメディ》だろうか。いや、アーサーにとっては悲劇そのものだ。

『アート、トキを責めるなよ。すごく悩んでいたんだ。オレは早く打ち明けたほうがいいって言ったんだ。トキは怖くて言えないと言っていた』

「怖くて言えない？　私が怖いと言ったのか？」

『円形脱毛症の原因は、たぶんストレスだろう？　トキのストレスは、オレのこと以外にないんじゃないか？　アートの言うことに従わず、オレと会っていた結果こうなったんだと断定されたら、そりゃ怖いだろ。自主性を否定されたも同然だ』

アーサーは沈痛な思いで目を閉じた。最後に見た、白い顔をした時広を思い出す。

ストレスを増大させたのはアーサーの言動だ。アーサーが追い詰めてしまった。時広にとっては「十円ハゲごとき」で片付く問題ではなかったのだ。

『トキに優しくしてやってくれよ、アーサー』

リチャードが初めて「アート」ではなく「アーサー」と呼んだ。

「リチャード……」

『あいつは、いいやつだ』

「……わかっている」

病名を教えてくれてありがとう、と礼を言い、アーサーは通話を切った。

携帯電話を置き、時広の部屋へと足を向ける。無人の部屋は、きれいに片付けられていた。

祐司に会いに行くと言った時点で帰国しようと決めていたのだろう。部屋を片付け、パスポートだけを持って、部屋を出た。

「あんな軽装で……」

着替えは一枚も持っていかなかったに違いない。東京ではなんでも売っているので買えばすむが、アーサーが買い与えたものはなにも持っていきたくなかったのかもしれない。

「こんなことになるとは……」

時広が祐司に愚痴を吐き出して戻ってきたら、暴言を謝罪し、許しを請い、愛の言葉を捧げるつもりだった。だが時広は今ここにはいない。愛を捧げる相手がいない。時広がいない生活など、アーサーにはもう考えられなくなっていた。

今この瞬間、時広がなにを思っているのか――。

このままNYに戻ってこないつもりだったらどうする。

怒っていてもいい、憤りをぶつけてくれてもいい、とにかく悪いのは自分だから、すべて受け止める。なんでもいいからアーサーのことを考えていてくれたらいい。結論を急がないでほしい。頼むから――。

そう、願わずにはいられなかった。

◇◇◇

驚いたことに、成田《なりた》空港の入国ゲートには、角野大智が待ち構えていた。

大智は学生時代からの友人の一人で、アーサーと出会うきっかけをくれた男だ。外資系の保険会社の秘書室に勤務している大智は、昨年の七月、あたらしく赴任してきた日本支社長のアーサーが「日本語の教師を探している」という話を聞き、ちょうど諸事情により高校教師を辞めて無職になっていた時広を紹介してくれたのだ。

いわばキューピッドのような役目を果たしてくれ、アーサーとの紆余曲折《うよきょくせつ》も間近で見ていたので知っている。都内にある時広の実家の合い鍵を渡してあり、なにかあったときの連絡先として近所の人にも紹介してあった。

スーツ姿の大智は、ショルダーバッグひとつという軽装の時広を見て苦笑いしている。

「大智、どうして……？」

「エミーから連絡をもらった。アーサーが心配しすぎて仕事が手につかなくなるから、空港で確保して、がっつり面倒を見てあげてくれって」

唖然としつつも、エミーならそれくらいのことを言いそうだと納得した。

エミーはなぜ時広が成田行きの便に乗ったと知っているか——なんて、推理しなくてもわかる。帰国することを祐司にだけは話した。アパートメントを出た時広がなかなか帰ってこなくて、心配したアーサーが祐司に電話をし、それを聞いたのだろう。そこからエミーに話が伝わり、大智にまで届いた。

みんな揃って世話焼きだな……と呆れつつも、気を遣ってもらえて嬉しい。

アーサーはやはりすぐには追いかけてこられないのだと、ホッとした。まだ面と向かってどういう態度でどんな話をすればいいのかわからない。と同時に、来てくれないことにがっかりもしている。

「大智、仕事は？」

「早退した。大丈夫、上のほうから手を回して——って言い方が悪いな、話をつけてもらって、心証が悪くなるような早退の仕方はしていないから」

どっちもどっちのような気がしたが、大智は秘書室に勤務しているのでそのあたりのことは融通がきくのだろう。

「とりあえず、日本食でも食べに行く？」

「ありがと。でも機内食を食べたばかりだから、そんなにお腹は空いていないんだ。それよりも、服を買いに行きたい。なにも持ってきてないんだ」

「家出少年みたいだな」

たしかに、と時広は笑った。笑えるようになったことに、時広は自分で安堵する。

JFK《ケネディ》国際空港から成田まで、十数時間かかった。そのあいだに、アーサーの言葉にショックを受けて打ちひしがれていた心が多少なりとも復活したようだ。生まれ育った日本に帰ってきた、という安心感もあるかもしれない。

建物の外に出ると、日本の夏特有の蒸し暑さが襲ってきた。大智は車で来ていて、駐車場まで歩くあいだにも、全身から汗が吹き出してくる。

「あれ？　車を替えた？」

大智がロックを解除して「乗って」と言った車は、時広が知っているものではなかった。

大智は釣りが趣味で、移動のために便利だからと国産のコンパクトカーを所有していた。ときどき遠出するおりに時広も乗せてもらったことがある。だが目の前にあるのは大きなサイズのRV車で、車体価格も維持費もずいぶんかかりそうだ。しかも左ハンドル……。

「すごい車だね……」

大智は、「あ、うん。まあね…」と言葉を濁す。言い方が変だったかなと、慌てて「カッコいいじゃない」と付け加えた。

「カッコいいことはいいけど」

ちょっとばかりバツが悪そうな顔をするなんて変だな、と思いつつ、時広は右側の助手席に乗せてもらった。後部座席をちらりと見ると、釣り道具が置いてある。やはりレジャーに使っているようだ。

「じゃあ、とりあえず買い物に行こう。量販店でいいんだよな？」

「もちろん」

駐車場を出た車は、都心に向かって走りだした。しだいに冷房が効いてきて、快適な温度になってくる。NYとは違う青に見える空を、時広はぼんやりと見上げた。

飛行機チケットを買える程度の貯《たくわ》えがあってよかった。けれど日本にいたときの貯金が減っていないのは、NYでの生活のすべてがアーサー頼りだったからだ。

『ここは私の金で借りた部屋だぞ！』

アーサーの声が今でも耳に残っている。ショックだった。間違っていないが、アーサーはずっと経済的なことは気にしなくていいと言ってくれていたから。

いつもあんなことを思いながら時広と生活していたとは考えていない。リチャードと秘密を作ってしまった時広に激高して、つい口をついて出てしまったのだろう。だが時広の胸を抉る言葉だった。

　アーサーはたぶん謝ってくれるだろう。あのとき、勢いで口走ってしまったが即座に後悔している表情になっていた。しかしあそこで謝罪されても、動揺が激しすぎた時広は受け入れられなかった。

　時広はアーサーを愛している。今この瞬間も、その気持ちは変わっていない。

　だからこそ、あの場から逃げ出した。

　理性を失ったまま、自分がアーサーの発言を責めてしまいそうだったからだ。売り言葉に買い言葉で、おたがいを傷つけあい、決定的な亀裂が生じそうで怖かった。時間と距離が欲しかった。

「あそこでいいか？」

　いつのまにか車は都心に近づいていて、ファストファッションの看板が見えていた。

　そこでいいと返事をすると、大智は車を駐車場に入れてくれ、時広は必要な衣類を適当に購入した。季節が夏でよかった。衣類が安い。

　買ったものを車に積みこんだ時点で、夕方になっていた。夏の日は長いが、ビルの向こうの西の空が夕焼け色になってきている。ちょうど通り沿いにあるビルの外壁に電光掲示板があり、現在の時刻を表示していた。十九時になろうとしている。さすがに空腹を感じてきた。

「大智、どこかで食事をしようか。空港まで迎えに来てくれたし、買い物にも付き合ってくれたから奢《おご》るよ。そのあと、悪いけど僕の実家まで送ってくれる？　荷物もあるし……」

車の助手席から運転席に座った大智にお願いをする。エンジンをかけた大智は、返事をせずにしばし前をじっと見ていた。

「大智？」

「……実は、紹介したい人がいるんだ」

「えっ？」

「俺、今付き合っている人がいて、この車はその人のもので……」

思いがけない話にびっくりして、時広は広い車内をぐるりと見回した。なんとなく大智にはしっくりこないイメージの車だなとは思っていた。時広が知っていた大智の愛車とは、まるで雰囲気が違っているから。けれど大智は慣れた調子で運転しているので、いつも乗っている車なんだなと思っていたら――。

「そうだったの？　どうして最初に言ってくれなかったんだよ」

「ごめん、なんか、その……言いにくくて……」

大智は俯いてハンドルに突っ伏すような体勢になっている。

「釣り道具があるってことは、その人、釣りをするの？」

「うん、それで仲良くなったんだ」

「へぇ、よかったね。趣味が一緒なんて、理想的じゃない」

大智がずっと寂しいプライベートを過ごしていたことを知っている時広は、単純に喜ばしいと笑顔になった。いまどき釣りをする女性なんて珍しくない。大智は魚をさばくのも料理をするのも上手だから、きっとそういうところもポイントが高くて、その女性は大智を気に入ったのだろう。こんなにワイルドな車を選ぶくらいだから、アウトドアが好きで自立しているサバサバした性格なのかもしれない。

「それで、車を返しに行くついでに、紹介したいんだ」

「いいよ、もちろん」

時広が快諾すると、大智は携帯電話を取り出し、電話をした。「今から行く」と告げ、二言三言英語でやり取りしたあと、時広をちらりと見てきた。

「晩御飯を一緒にどうですか、だって」

「えっ、いいの？」

「あの人、料理はぜんぜんできないから、たぶんケータリングだよ。それでもよければ」

料理ができなくてケータリングというのには意表を突かれたが、時広は「お邪魔でなければ」と頷いた。

大智は「ＯＫだって」と返事をしたあと通話を切り、すぐに車を駐車場から出した。

「いつから付き合っているの？」

大智がひさしぶりに付き合った人がどういう女性なのか興味があったし、これから会うのだから事前に少しくらいプロフィールを聞いておきたかった。

「いつから……んー……まだ一カ月くらいかな」

「じゃあ僕がNYに行ってからってこと？」

「そう。実は……会社の人なんだ」

「社内恋愛？　うわー、すごいなー、灯台下暗《とうだいもとくら》しってこういうこと？　社内に大智と同じ趣味の人がいたなんて、びっくりだね。偶然、釣り場で出会ったの？」

「いや、えー…と、その、上司の紹介で」

「上司の紹介なんて、それほぼ見合いじゃない？」

「うーん………見合い、ではないと思う。いや、ある意味、見合いだったかもしれないけど、俺は最初、釣りが趣味だって聞いて、じゃあ今度一緒に行きましょうかなんて社交辞令のつもりで言っただけだったんだ。それが、向こうが積極的で、なんか、休みの日に行くことになって、一回が二回になって、だんだん、そういうことに……」

奥歯にモノが挟まったような喋り方をする大智に、時広は心配になってきた。

「大智……まさか、上司の手前、断りきれなくてずるずる付き合ってる……ってわけじゃないよね？　不本意なら、はっきり言ったほうがいいよ。おたがい傷つくだけだ。なんならアーサーにあいだに入ってもらって――」

「いや、不本意ってわけじゃないんだ」

大智は慌てて否定してきた。本当かな、と時広は真意を探ろうと大智の横顔をじっと見る。そんな時広の視線が気になるのか、大智は運転しながらも視線が泳いでいた。

車は港区《みなとく》へ向かっているようだ。今乗っているRV車といい、もしかしたら大智の恋人は、ずいぶんと立場が上のエリートなのかもしれない。外資系ゆえに能力主義で、実績を上げれば年齢も性別も関係なく出世は早いと、以前に聞いたことがある。

大智は人がいい。そのおかげで時広はずいぶんと助けてもらってきたが、その性格のせいでたいして好きでもない人と付き合うことになっているのなら一大事だ。今こそ数々の恩を返すときかもしれない。これから会うことになった大智の彼女を、じっくりと観察させてもらおう、と時広は決めた。

車は港区のマンションの駐車場に入った。海からは少し距離があるが、おそらく上層階は素晴らしい眺望がウリになっているだろうと容易に想像できる立地だ。大智は慣れた様子で白線が引かれた駐車場の中を進み、きっちりと停車した。

「こっち」

案内されて、マンションの正面玄関ではなく、駐車場から直接入れるらしい裏口へと進む。もちろん出入口には電子錠が設置されていて、大智はピピピと素早くボタンを押し、あっさりと開錠させた。

一度や二度の来訪で、ここまでスムーズにできるわけがない。付き合ってからまだ一カ月と聞いたが、もしかしてすでに半同棲とか、そういう事態になっているのだろうか。

時広は友人の現状に、ますます心配が募っていった。

大智の後ろについてエレベーターに乗り、上層階で降りた。内廊下の内装はまるで高級ホテルのようだ。玄関ドアは丸見えにならないように角度が工夫されているようだが、戸数が少ないのはわかる。

（とんでもない人と付き合ってる……？）

ただのエリートではないだろう。時広はアーサーと付き合っているからわかる。ちょっと人並み以上にスピーディーに出世した女性くらいでは、こんなところに住めない。

（大智、いったいどんな人と……）

困惑している時広の前で、大智がインターホンを押した。

「ハリー、俺だよ」

『ＯＫ』

えっ、と時広は耳を疑った。野太い男の声だった。大智が呼びかけた「ハリー」というのは、もしかして男性名？

ガチャッと玄関ドアが開いた。その向こうに立っていたのは、大柄な白人男性だった。アーサーよりも背が高く、がっしりと屈強そうな体格をしている。いわゆるマッチョなタイプ。短く整えたプラチナブロンドに、碧《あお》い瞳。大きな鷲鼻に大きな口、固い肉でも平気で噛み千切れそうな頑丈な顎。肌は白いがちょっと日に焼けている。

　全体的に野性味が溢れていてシロクマっぽい男だったが、きっちりとスーツを着ていた。

「コンニチハ、ハジメマシテ、ハリー・マントル、デス」

　にっこりと白い歯を見せて笑った彼に、時広は気圧されながら「こんにちは……」と返すのが精一杯だ。てっきり気が強そうな年上の女性が出てくると思いこんでいただけに、その違いについていけない。

「入って」

　ぽかんとしている時広の背を、大智がぐっと押してきた。そのまま玄関に入ることになり、いよいよハリーと名乗る男と対峙するはめになる。

　リビングは広かった。外国人仕様になっているのか天井は高く、ドアひとつとっても大きい。予想どおり、大きな窓からの眺望は素晴らしく、夜の帳《とばり》が下りた東京湾には灯りがともり、美しい夜景になっていた。もっと冷静だったら楽しめた景色だろうが、時広は目の前のソファに座るハリーから目が逸らせない。

　この男はいったい何者だろう？　もしかして大智の彼女は外国人で、その兄か弟だろうか。

「たしかアイスコーヒーがあったよな」

　リビングに時広とハリーを座らせ、大智がキッチンへ行ってしまう。つい縋るように大智の後ろ姿を目で追った。

「長旅で疲れたでしょう?」

いきなりフランクな英語で話しかけられて、時広はドギマギしながら「そんなに疲れてはいません」と答えた。

「どこの航空会社を使った?」

「JALです。運よく席が空いていたので、すぐに乗れました」

「それはよかった」

ハリーはにこにこと笑っている。時広が大智とどういう関係なのか知っている顔だ。

「日本の夏は初体験だが、話に聞いていたよりもずっと暑くてびっくりした。湿度の高さはギネス並みだと思わないか?」

「まあ、たしかに湿度は高いですね」

英語に敬語は存在しないが、丁寧な言い方とざっくばらんな言い方はある。ハリーが大智にとっていったいどういう人間なのかわからないので、どのレベルの会話をしたらいいのか探りながらの受け答えになってしまった。

大智が人数分のグラスを運んでくるまで、時広は居心地が悪い思いをした。トレイに涼しそうな氷を浮かべたアイスコーヒーのグラスをのせて運んできた大智は、テーブルに置くと、ハリーの横に座った。

「さて、まずは紹介しようか」

ひとつ息をつき、なぜだか背筋を伸ばしている。

「ハリー、以前に話したことがあると思うけど、こっちは俺の学生時代からの友達で坪内時広。同い年だから、こう見えても二十八歳」

「大智、誕生日が来たから二十九歳になった」

「そうか、六月生まれだったな。訂正する、二十九歳だ」

ハリーは目を丸くして、大袈裟に両手を上げた。

「アメージング……日本の神秘かな」

「ハリー、ふざけないで」

ぴしりと叱ってから、大智は日本語に切り替えて時広にハリーの肩書きを教えてくれた。

「時広、この人は、俺の会社にアーサーの代わりに新しく赴任してきた、支社長の秘書、ハリーだ」

「えっ、アーサーの後任の？」

つまりエミーの立場ということか。秘書というよりボディガードが似合いそうな風貌だと思ったが、大智が言うのなら本当に秘書なのだろう。

「それで、ハリーは俺の恋人でもある」

さらりと告げられた内容に、時広はかなり長いあいだ、反応できなかった。聞き間違いかと思ったのだ。時広が黙っていたからか、大真面目な大智は「恋人だから」と念を押した。

「…………えっ……？」

「ハリーが、俺の今の恋人なんだ。約一カ月前から付き合っている」

「……えっ……？」

ぽかんと口を開けて、まじまじと大智を凝視する。冗談だよ、と笑いだすのを待っていたが、まったく撤回する様子はない。

本当に、本当に恋人なのか？　本当に？

時広はずいぶん前に大智にカミングアウトして——というか知られてしまって——いたが、大智の過去の恋人は女性のみで、ノンケだったはず。ありのままの時広を友人として受け止めてくれて、なんて心が広くて柔軟な思考の持ち主だと感謝していた。

それなのに、本当はゲイだったのか？

「大智、隠れゲイだったの？」

いや、と大智は首を横に振る。

「男と付き合うなんて、思ってもいなかった」

「…………じゃあ、どうして……？」

「どうしてと言われても……。俺だってどうしてこういうことになったのか、よくわからないんだよなぁ」

首を捻る大智に、時広はハッと我に返った。

「セ、セクハラ？　パワハラ？　理不尽な暴力には、立ち向かわないとダメだ！」

「違うって。ハリーは紳士だよ。俺はハラスメントなんて受けていない」

あははは、と大智は笑い飛ばした。どうやらハリーはほとんど日本語がわからないようで、きょとんとしていたのだが、時広がセクハラだとかパワハラだとかの単語を口にしたので悲しそうな表情になった。

「ああ、大丈夫、今説明するから」

小声でなにかを訴えたハリーに、大智は優しい声音の英語で宥めてあげている。そっと手を握りあったのを見て、時広は自分が失礼な発言をしたとわかった。

二人は本当に想いあって付き合っているのだ。ハリーのほうが会社での立場は上だが、それを利用して交際を迫ったわけではない。同性とは付き合ったことがない大智がハリーを好きになるほどのなにかが、きっと一カ月前にあったのだろう。

「大智、ごめん。僕……とても失礼なことを言ってしまったみたいだ」

「時広？」

「あらためて自己紹介させてもらっていいかな。彼は日本語がわからないみたいだから、今から会話はすべて英語に切り替えよう」

「……ありがとう」

滲むように大智が微笑んだ。とても幸せそうな笑顔に感じられて、時広も笑みを返した。

「ミスター、失礼しました。坪内時広といいます」

ソファから立ち上がりながら握手を求めると、ハリーも立ち上がってくれた。

「私のことはハリーと呼んでください。あなたのことはトキと呼んでもいいですか？　アーサーやエミーからはそう呼ばれていると聞きました」

「もちろん、構いません。アーサーやエミーとは旧知の仲なのですか？」

「プライベートでの深い付き合いはありませんが、信頼できる同僚です。私のボスであるフランク・タカヤマが急病のために日本支社に予定どおり赴任することができず、アーサーが代理として行ってくれたことは、とても感謝しています。おかげで会社に莫大な損失を出さずにすみました」

ハリーは朗らかに笑った。第一印象は体格がよすぎて怖そうだなと思ったが、話してみると和やかな空気を醸《かも》し出す人だった。

「アーサーは赴任当初は日本の暑さに不満があったようですが、あなたという運命の人に出会えて幸運だったと思います」

「僕とアーサーのことを知っているんですね」

ちらりと大智に視線を飛ばした。喋ったのか、と情報源を探る意味で。

するとハリーが焦った様子で「あなたにとっては極秘事項でしたか？」と聞いてきた。

「ダイチは喋っていません。私はボスから聞きました。ボスはアーサーから聞いたようです。

アーサーは社内でゲイであることをカミングアウトしているので、『日本で恋人を見つけた。フランクの復帰が遅くなってもまったく構わない』と、ボスだけでなく上司にまで伝えたようです。おかげでボスはストレスを感じることなくゆっくりと静養できました。その後、彼は妊娠した妻が出産するまで付き添うこともできました。あなたにも本当に感謝しています。ですが、あなたにとって恋人が同性であることが秘密ならば、デリカシーのない発言をしてしまいました。謝罪します。すみません」

ハリーの真摯《しんし》な態度には好感以外が抱けないほどだ。とても正直で素直な人なんだなと、時広は感心する。

「謝罪はいりません。単に、どこから話が伝わったのかな、と疑問に思っただけです。僕にはアーサーの存在を隠す理由はありません。現在、とくに仕事をしていませんし、家族もいません。大丈夫です」

「それならよかった」

ハリーがホッとしたように大きな手を自分の胸に当てた。

そのタイミングでインターホンが鳴った。

「夕食が届いたんじゃない？」

さっと大智が立ち上がる。ハリーが注文したケータリングサービスが届いたらしい。

「ご利用ありがとうございます」

元気な声とともにコックコートを着た若い男が入ってきた。続いて、エプロン姿の女性。

驚いたのは、時広が想像していた出前とは違い、フレンチのフルコースのケータリングだったことだ。

時広が唖然としている前で、男女は抱えていた大荷物を下ろし、ダイニングテーブルにてきぱきとセッティングし始める。テーブルクロスも皿もカトラリーも、すべてセットでケータリングらしい。料理は作りたてのように湯気をたてていて、コックコートの男が冷めてしまったときの再加熱の仕方を大智に説明していた。

「トキ、このシャンパンを開けようと思っているけどいいかい？」

ハリーが声をかけてきて、シャンパンの瓶のラベルを見せてきた。詳しくないのでなんとも言えず、ただ頷く。ケータリングサービスの人たちが帰ると、大智がシャンパングラスを出してきた。ハリーがポンと音をたてて栓を抜き、細かな気泡が入った琥珀色《こはくいろ》の酒を優しくグラスに注ぐ。

「乾杯しよう」

「なにに？」

「決まっている、ダイチの友人であるトキの帰国に」

ハリーと大智は、時広がどんな理由で突然帰国したか知らないのだろうか。エミーはそこまで事情を話さなかったのかもしれない。時広は今この場であえて言うことでもないだろうと、笑顔でグラスを掲げた。

◇◇◇

ＰＣの電源を落としたところで、エミーからねぎらいの言葉がかけられた。

「お疲れさまでした」

やっとバカンス前の仕事を終えたところだった。慌ただしく帰り支度を始めたアーサーに、エミーが航空券を差し出す。まるで人質のようにエミーが保管していたのだ。そのチケットでなければならない、というわけではなかったが、やはり仕事を途中で放り出して日本へ向かうわけにはいかず、今日まで我慢した。

「トキによろしく伝えてください」

アーサーは無言で受け取る。今夜の便だ。今からいったん自宅に戻り、すでに荷造りを終えたスーツケースを持って空港へ行くつもりだった。アパートメントの管理会社には、明日からバカンスに入ることをもう伝えてある。

この三日間、時広からの連絡はない。アーサーからもあえてなにもしていなかった。だが大智からは一日に一回、時広の様子がメールで届いていた。それによると、時広は実家で寝泊まりしており、家の中や墓の掃除をしたり、一人で映画を観に出かけたりしているようだ。

とくに体調を崩したりはしておらず、のんびりしていると知り、安堵した。この週末は大智が釣りに連れ出すらしい。アーサーが日本に到着したころ、時広は大智と一緒に海岸にいるかもしれない。

「きちんと話し合って、かならずトキをNYに連れて帰ってきてください」

「君に言われなくとも、そうするつもりだ」

アーサーが苦笑すると、エミーは「ですよね」と笑った。エミーも大智から時広の様子を知らされているのだろう。大袈裟に心配はしていない。

「では、ボス。一カ月後に」

「一カ月後に」

アーサーはエミーに見送られてオフィスを出た。急いでアパートメントに戻ると、アーサーはスーツからラフな服装に着替えた。必要最低限のものだけを詰めたスーツケースを引き、部屋を出る。

エレベーターで一階まで下りたところで、「アーサー」と声をかけられた。聞き覚えのある声に、足を止める。エントランスロビーのソファに、なんとリチャードが座って手を振っていた。傍らには大型のスーツケース。

「リチャード、こんなところでなにをしているんだ。カリフォルニアに戻ったんじゃなかったのか？」

「トキが心配だから、オレも日本へ行こうかと思って」

びらり、と航空券を見せてくる。驚いたことにアーサーが搭乗予定の便と同じだった。

「同じ便か……？」

「あ、そう？　偶然だな」

リチャードはニヤリと笑い、まったく偶然ではないことを匂わせている。

アーサーに知られないようにこんなことができるのは――エミーしかいない。ついさっきまでオフィスで一緒に仕事をしていたエミーは、リチャードのことにちらりとも触れなかったのに。

「ほら、もう行こうぜ。ここで揉めている時間はない。乗り遅れたら大変だろ？」

「おまえは……」

言いたいこと、聞きたいことは山ほどある。本当に時広が心配で日本へ行くのか、なにか別の目的があるのか、エミーといつのまに密に連絡を取りあうようになっていたのか、日本までついてくるのは単にアーサーが右往左往する様子を楽しむつもりなんじゃないのか。

だがリチャードが言うとおり、たしかに揉めている時間はない。予定の便に乗れなかったら、そのぶん時広に会える時間が遅くなるだけだ。

仕方がないので、アーサーはリチャードを道連れに、日本へ向かうことになった。

◇◇◇

海から朝日が昇るのを見るのは、何年ぶりだろうか――。

時広は堤防に座りこみ、東の空を眺めていた。藍色《あいいろ》に沈んでいた空が、しだいに白み始め、海面が白く輝きだす。赤い太陽がみるみる姿を現してくるのを、新鮮な気持ちで見守った。

すっかり日が昇ってあたりが明るくなり三十分もたてば、コンクリートの堤防は熱を孕み始める。

「さあ、引き揚げるか」

大智の号令で、時広は腰を上げた。太平洋側の真夏の海がどれだけ暑いかなんて、海釣りに慣れている大智に説明されなくとも想像がつく。

「ハリー、クーラーボックスを持ってくれる？」

「ＯＫ」

保冷剤と釣った魚が入った重いクーラーボックスを、見かけどおりに力持ちらしいハリーがひょいと抱える。大智は使った竿や折り畳みの椅子をてきぱきと片付けた。時広もなにか手伝おうとしたが、なにをどうしていいかわからないし、大智とハリーは無駄のない連携プレーを披露してくれ、あっというまに引き揚げ準備が完了してしまった。

「さ、行こう」

大智が先頭に立って、堤防の上を三人揃ってぞろぞろと歩く。まだ粘っているほかの釣り人たちに「お先に」なんて朗らかに挨拶している大智にならって会釈しながら、駐車場まで歩いた。

ハリー所有のRV車にたどり着いたときは、三人ともすっかり汗をかいてしまっている。七月の朝はやはり気温が上がるのは早い。夏は夜釣りしか無理、と大智が言うだけはある。

「お腹が空いたから、釣った魚を料理してくれる食堂に行くよ」

大智が当然のように運転席に座り、ハリーが助手席、時広は後部座席だ。

「Oh……ダイチ、その指はどうした？　ケガをしている」

ハンドルを握った大智の手を見て、ハリーが驚いたように声を上げた。ちらりと後ろから大智の手元を覗き見ると、たしかに指先に赤い線が入っている。しかし、ケガというほどのものではないように思った。

「さっき針を引っかけただけだよ。たいしたことはないから」

「いやダメだ。きちんと消毒して処置しないと」

「大丈夫だって」

大智が少し鬱陶《うっとう》しそうに言ったものだから、ハリーは目に見えてしゅんと肩を落とした。

時広はなんとフォローしていいかわからずに黙っているしかない。

（ハリーは本当に大智のことが好きなんだな……）

ノンケだった大智がハリーとどんなふうに付き合っているのか、想像しようとしてもなかなかできなかったのだが、夜釣りに誘われて来てみたら、二人はかなり仲がいいカップルだった。時広は二人にあてられっぱなしだ。

「でも、ダイチ、痛そうだ」

「ハリー……、じゃあ絆創膏《ばんそうこう》を貼ろうかな」

「貼ってあげるよ」

ハリーはいそいそとダッシュボードから赤い十字マークがついたポーチを出して、中から絆創膏の箱を探し出した。大智の指に丁寧に巻いてあげている。ハリーは大智の体にちょっとしたキズがひとつついただけでも嫌なのだろう。ベタ惚れとは、こういうことをいうのかな、と時広はついクスクスと笑ってしまった。

するとと大智がパッと振り返った。目が合うと、照れくさそうに視線を前に戻していたが、耳がほんのり赤くなっている。微笑ましいカップルだ。

夜釣りをしながら、ハリーが離れた隙に大智と話をすることができた。隙を突かないと、ほとんどハリーがくっついているので大智と二人きりになるのは難しく、聞きたいことがなかなか聞けなかったのだ。時広が帰国した日は平日で、大智が早退してくれたから仕事中のハリーがそばにいなかっただけだった。

月が黒い水面にゆらゆらと揺れるのを眺めながら、大智はハリーとの馴れ初めを話してくれた。最初は本当に社交辞令で釣りに誘ったこと、ハリーがゲイだとは知らずに釣りデートを重ねてしまい、完全に誤解させてしまったこと、けれど彼の真摯な気持ちに絆されて、求愛を受け入れると決めたこと——。

どうやら省かれたエピソードがありそうだったが、大筋は外れていないのだろう。大智は穏やかな表情でハリーについて語っていた。

そして意外なことも教えてくれた。こんなに人当たりが柔らかくて、誰にも好かれそうなハリーなのに、家族とは疎遠になっているという。ゲイだとカミングアウトしてから、関係が微妙になったらしいと聞いて、時広はリチャードを思い出した。

ハリーにも弟がいるが、何年も会っていないそうだ。けれどその弟のことを、ハリーは悪く言わない。

『どうしても私のような人間を受け入れられない人は、一定数います。バッシングせず、遠くで静かに見守ってくれているだけで、私はいいのです』

そう言ったというハリーに、時広はアーサーを重ねた。

アーサーは、無理にリチャードの相手をする必要はないと、時広に言った。すべて自分が対応するからと。

けれど時広は、愛する人の従弟と仲良くなりたくて、逆らった。自分たちが真剣に愛しあっていること、なにも悪いことをしていないことを、リチャードに理解してもらいたかった。すべて時広の感情が主体となっている。時広はアーサーのことを考えているようで考えていなかった。リチャードはアーサーの親戚なのに、時広はアーサーの感情を無視して暴走してしまったわけだ。そんな時広にアーサーが腹を立てるのは当然だ。

一人で帰国しようと決めたとき、時広は自分が傷ついたことしか見えていなかった。だがアーサーだってきっと傷ついた。身内の痛みを、恋人だからといって勝手に暴いてはいけなかったのだ。

「……アーサーに愛想を尽かされたらどうしよう……」

涙ぐみそうになってしまった時広を、大智が「そんなこと、あるわけないだろ」と慰めてくれた。

「今ごろ必死で仕事を片付けて、日本へ向かう準備をしているよ」

大智に笑ってもらえて、時広はほんの少しだけ気持ちが前を向いた。

「大智は、ご両親に話すのか？」

「んー……まだそこまで考えていないかな」

「そうだよね、まだ一カ月だもんね」

「でもどこからか伝わっちゃうかもしれないけど」

ハリーと手を繋いで出勤したことがあると言う大智に、時広はびっくりした。

「それって……」

「ハリーがカミングアウトしているから、俺も結局はそういうことになっちゃって」

「だ、大丈夫なのか？」

「嘘をつきたくないんだ。ハリーと俺は悪いことをしているわけじゃないし。もちろん、会社には俺とハリーのことを快く思わない人がいるのはわかっている。でもまあ、運のいいことにハリーは支社長の秘書だから、誰も表立って意見は言えないんだよね」

ハリーは秘書として支社長に信頼されており、悪口が支社長の耳に入ったら、どんな制裁が下されるか恐ろしいらしい。上司の紹介のようなもの――と大智はハリーとの出会いを表現していたが、その上司というのは支社長のようだ。支社長はアーサーと旧知の仲で、日本滞在中に恋人を作ったことを聞いていた。その恋人が大智の友人ならば、きっと大智もゲイだろう、と安直に考えて、同じくゲイのハリーを引き合わせたというわけだ。

「大智がハリーを受け入れたからいいけど、そうじゃなかったら大問題になっていたかもしれないんじゃない？」

アーサーの後任のフランクには会ったことがないが、ずいぶんと迂闊《うかつ》なところがある人のように思う。

「結果的には大問題にはなっていないからいいんだよ。ハリーは俺に惚れてくれた、俺はそれを受け入れた、今二人はハッピー。単純な話だ」

大智の笑顔に嘘はない。時広にとって大智は大切な友人だ。祖母が亡くなったときには精神的な支えになってくれ、ストーカー事件のときは危ないところを助けてくれた。本人が幸せならば、それでいい。それ以上のことはない。

「アーサーは知っているのかな」

「知らないと思うよ。ハリーが業務以外でアーサーにわざわざ連絡を取っているところなんて見たことがないし、支社長もプライベートは奥さんと生まれたばかりの娘のことで頭がいっぱいでしょ」

「聞いたらびっくりするかもね」

時広と大智は体をくっつけてクスクスと小さく笑いあった。そこに車まで飲み物を取りに行っていたハリーが戻ってきて、こそこそと話をしている大智と時広になんともいえない寂しそうな顔を見せる。

「ハリー、取ってきてくれてありがとう」

大智が水筒を受け取ると、ハリーはすかさず大智の腰に腕を回し、時広に見せつけるかのように抱き寄せてみせた。独占欲があからさまな態度に、時広は苦笑するしかない。大智も笑っている。

ほかの釣り人もいるのに、大智は大胆にもハリーの頬にキスをした。たぶん夜の闇にまぎれて、周囲からはほとんど見えなかっただろうけれど。ハリーはあっさりと機嫌を直して、にこにこと仕掛けを直す大智の手元を懐中電灯で照らしてあげていた。

(ああ、アーサー……)

仲睦まじい二人を見ていると、自分も恋人に抱きしめられて、甘えたくなってくる。アーサーに会いたい。無性に会いたい。キスしてもらいたい。

今、アーサーはどこでなにをしているだろうか。

現地時間で今日から、アーサーはバカンスに入っている。今ごろ飛行機の中だろうか。それとも、まずフロリダへ向かっただろうか。時広と諍いを起こして、挨拶に来られなくなったと事情を話しに行った可能性もある。

そのうち、きっと迎えに来てくれると信じているが、連絡を取り合っていないので確実ではない。実家で一人きり、じっと待っているのも息がつまると思い、大智の誘いに乗って海まで来た。

走りだした車の窓から、時広はキラキラと輝く青い海を見た。釣りは趣味ではないが、大智に誘われて学生時代に三回ほど来たことがあった。忘れていた大自然を前に、時広は自分が小さな悩みで考えすぎていたのではないかと思った。

離れてみて、アーサーへの気持ちを再確認したというのもある。他人でありながら愛情だけで結ばれている恋人同士が、いったいどんなふうに共同生活を送っていけばいいのか、勉強にもなった。

これから長い人生。二人でいるためには、ひとつひとつ学んで経験を積んでいかなければならないのだろう。

アーサーに会ったら、リチャードの件で勝手をしたことを謝りたい。そして円形脱毛症を告白し、リチャードにうっかり見られてしまったことも謝りたい。留学生相手の英会話教室でどれだけ稼げるかわからないが、生活費を少しでも入れるので、このまま二人で暮らしていきたいと訴えたい。

（アーサー……）

彼に、力いっぱい抱きしめられたかった。

そういえば、大智に今回の発端となったリチャードの話をしたとき、アンダーヘアがハゲたことも打ち明けた。アーサーに話せずに変な誤解を与えてしまいケンカになったと喋ったら、あっさりと「そんなの、全部剃っちゃえばハゲなんかわからなくなったのに」と言われて、目からウロコがぼろぼろと落ちた。

東南アジアではそういった習慣はあまり聞かないが、欧米や中東では股間を清潔に保つためにアンダーヘアを剃ってしまう人が多いという。おりしも季節は夏。暑いから剃った、と言えばアーサーは不審に思わなかったのでは？　と大智に言われて、その手があったかと時広は脱力した。自覚していた以上に冷静ではなかったようだ。

真っ先に、大智に相談していればよかった――。後悔してももう遅い。せめて今からでもと、時広は昨夜、実家の風呂場でアンダーヘアを剃った。おかげで股間がすぅすぅしている。たしかに涼しいかもしれない。

「時広、もうすぐだから」

黙って車窓を眺めている時広を気遣ってか、大智が運転しながら声をかけてくれた。

その後、地元の食堂へ行き、釣った魚を料理してもらって三人で食べた。刺身と煮つけ、地元野菜の天ぷら、どれも美味しかった。満腹になり、さて帰ろうかと大智がふたたびハンドルを握る。行きも帰りも大智が運転しているのは、乗り物に酔いやすいからだ。もちろんハリーもそれを知っていて大智に運転させているのだろう。長距離運転をしている大智に、飲み物を渡したり、飴を舐めさせたりとかいがいしく世話を焼いている。後部座席からその様子を眺めながら、時広はやっぱりアーサーのことを思い出していた。

「時広、着いたぞ」

大智に声をかけられるまで、時広は車が停止していることに気づかなかった。夜釣りだったために寝不足だったし、腹が満ちて心地よい振動に揺られているうちに眠っていたらしかった。ハッと顔を上げると、窓の外には見知った風景が広がっている。実家の前だった。時刻は午前十一時を回ったところで、冷房が効いている車内にいるとわからないが、おそらく外は茹だるような暑さだろう。アスファルトの道路の先に陽炎《かげろう》が揺らめいているのが見える。

「ごめん、寝ちゃってた」

「いや、いいよ。時差ボケがまだ残っていたうえに夜釣りだもんな。腹が膨《ふく》れれば眠くなるのは当然だって」

大智は運転席から後部座席に身を乗り出して、時広の膝を軽く叩いた。ハリーも右側の助手席からこちらを見て微笑んでいる。

「トキ、とても有意義な休日でした。また一緒に出かけましょう」

「こちらこそ、楽しかったです」

ハリーが体を捻って右手を出してきたので、時広は握手した。

「でもデートの邪魔をしてごめんなさい。完全にお邪魔虫でしたね」

「そんなことはありません。私はダイチの友人に会えて、とても嬉しかった。今度はアーサーも一緒に行けたらいいですね」

「本当に」

仲直りができたならば、Wデートも有りかもしれない。

だがアーサーと仲直りできるかどうか、わからない。時広は元の関係に戻りたいが、アーサーがなにをどう思っているのか——。

「アーサーについては、心配いらないと思うよ」

大智がニヤニヤと笑いながら他人事のように言う。時広はムッとした。

「なにを根拠に、そんな無責任なことを言うんだ?」

「根拠? 根拠なら、ほら、あそこに」

大智が窓の外を指さした。指につられるようにして視線を動かし——時広は唖然とする。

そこにアーサーがいた。実家の玄関前に、ラフなTシャツ姿のアーサーが。

厳しい表情で、胸の前に腕を組み、柱にちょっと凭《もた》れるようにして立っている。軒下の小さな日陰に入っていたが、日本の夏が苦手なアーサーには辛いのだろう、数メートル離れていても額や首筋に汗が浮いているのがわかる。

「……アーサー……?」

目が合った。彼の厳しい表情がふっと弛む。ゆっくりと日陰から出てきた。

「なんでアーサーがここに?」

「時広を迎えに来たに決まっているじゃないか」

大智が笑いながら答えてくれたが、にわかには信じられない。そもそも、仕事を終えた翌日に飛行機に乗ったとしても、早くないか? それになぜ実家に?

「時広が寝ているあいだにアーサーから電話があってさ。もう成田に着いたって言うからびっくりしたよ。なんか、仕事が終わったその足で空港に向かって飛行機に飛び乗ったんだってさ。

一刻も早く時広に会いたくて」

「……ホント……？」

「ここで嘘をつく理由なんかないだろ。それで、アーサーは成田空港から坪内家に直行したらしいんだけど、時広が留守だったから、俺に電話してきたみたい。時広には直接電話できなかったっていうのが、かわいいよね。今一緒にいるって教えて、実家に送っていくつもりだって言ったら、ここで待っているって言うから、ここに来た」

車に歩み寄ってきたアーサーは、時広がいる席の窓を指でコツコツと叩いた。一欠けらも笑みがないアーサーの顔は、整っているだけに迫力がある。けれど怒っているわけではないと、その瞳を見ればわかった。悲しみに沈んだ琥珀色の瞳に、時広は胸がぎゅっと引き絞られるような痛みを感じた。

「アーサー……！」

たまらなくなって、ロックを外してドアを開けた。車から飛び降りて、アーサーに抱きつく。即座にアーサーの逞しい腕が背中に回り、ぎゅっと痛いほどに抱きしめてくれた。

「トキ！　ああ、トキ……会いたかった……」

「アーサー、僕も、会いたかった！」

愛する人の胸に顔を埋め、時広は汗の匂いを胸いっぱいに吸いこんだ。アーサーの唇が時広の髪や額に何度も触れてきて、ここにいるのが幻なんかではないと教えてくれる。

「トキ、すまなかった。私が全部悪い。私のことを許してくれるか？」

「アーサーは悪くないよ。言いつけを守らなかったうえに、変に隠し事をした僕が悪かったんだ。アーサーが怒ったのは当然だ。ごめんなさい。心から、すごく反省してる。僕を許してくれる？」

「ああ……、トキ、私の愛しい人。私が君を許さないなんてことは、天地がひっくり返ってもあり得ないよ」

「本当に？　僕のこと、少しも嫌いになっていない？　勝手に帰国しちゃうような恋人は御免だって、思わなかった？」

「だから言っただろう。悪いのは私だ。君が一人で帰りたくなったのは、私のせいだ。私は君を支配したいわけじゃない。できるなら、君には自由に生活してほしいと思っている。けれど、愛ゆえに、時には独占欲や庇護欲が暴走してしまう。こんな私に愛想を尽かしていないか？」

「それこそ、僕がアーサーに愛想を尽かす日なんて、天地がひっくり返っても来ないよ」

「トキ……」

アーサーが感極まったように琥珀色の瞳を潤ませ、もう一度、ぎゅっと抱きしめてきた。時広も目頭を熱くさせながら、アーサーにしがみつく。

炎天下の暑さなんて感じない。今この瞬間、世界は二人のためだけに存在していた。

「あーもー、暑いったらないぜ。この国はいったいどうなってんだっ」

聞き覚えのある声がして、時広は顔を上げた。なんと、リチャードが実家の玄関から出てくるところだった。グレーのTシャツは汗染みで斑《まだら》に色が変わっており、片手にぶらさげた水のペットボトルはすでに空になっている。

「リチャード?」

「私についてきたんだ」

「どうして?」

「……君が気になったからじゃないかな」

アーサーは首を傾げながら、ハリーと大智に暑さを訴えているリチャードを見遣る。

「ヘイ、ミスター、ちょっと乗せてくれないか? 車の中は涼しそうだ」

「それは構わないが、君はアーサーの身内か?」

「従弟だよ。日本は初めてなんだが、聞きしに勝る暑さだな」

「湿度が高いんだよ」

「どこへ送っていけばいいんだ?」

人のいいハリーと大智がそう応対しながら、リチャードを後部座席に促している。リチャードはさっさと後部座席におさまると、窓をちょっとだけ開けて、道路に立っているアーサーと時広に手を振った。

「オレはホテルに戻って寝る」

「リチャード、僕たちのケンカに巻きこんでしまってごめんね」

時広が謝ると、リチャードは肩を竦めた。

「もとはと言えば、オレだろ。あんたが謝ることはない。まあ、元気そうで安心したよ。いきなり一人で帰国して、どうしているのか気になったからさ……」

「ありがとう」

やはりリチャードはアーサーの従弟だ。心優しく、誠実で、素晴らしい紳士だ。

「ダイチとハリー、すまないが彼を最寄りの鉄道の駅まで送り届けてもらえないだろうか。ここまではタクシーで来たので、リチャードにはまるきり土地勘はない。駅まで行けば、なんとかなるだろう」

アーサーがそう頼むと、大智が「ホテルまで送るよ」と快活に笑いながら請け負った。その隣でハリーも頷いている。つくづくお似合いのカップルだ。

「大智、ありがとう。いろいろと話を聞いてくれて。本当に――」

時広が窓に顔を寄せて感謝の気持ちを伝えるのを、大智はどこかくすぐったそうな顔をしてはにかんだ。

「俺はたいしたことはしていないよ。話を聞くくらい、友達なら当然だろ。ほら、アーサーを連れて家に入れ。顔見知りだらけの地元で、あまり大胆な言動はしないほうがいいんじゃないのか？」

指摘されて、時広は今さらながら大胆なことをしてしまった自分に気づいた。アーサーとの再会に感情が高ぶりすぎ、住宅街の道の真ん中で熱い抱擁を交わしてしまった。かなり気温が高いので外に人影はないが、窓から見られていたらそうとう驚かせてしまったかもしれない。

「じゃあな。あっちに戻るときは、また連絡しろよ」

大智はハンドルを握りなおし、ハリーとリチャードとともに颯爽《さっそう》と走り去っていった。

車が角を曲がって見えなくなるまで、時広とアーサーは見送った。

「……家に入ろうか」

アーサーがさすがに耐えられなくなってきた、という顔で提案した。二人とも汗だくになっている。同意して、時広はアーサーとともに古い実家の玄関に入った。日陰に入っただけでホッとする。

「アーサー、玄関の合い鍵を、持ってきていたの？」

「トキが実家で寝泊まりしていることはダイチに聞いていたから」

実家の鍵は三つあり、時広とアーサー、大智が持っているのだ。

使いこまれていい飴色になっている板張り廊下から、座敷に入る。開け放たれた窓からは、気温に比べてささやかすぎる風が入りこんでいた。軒下につるした風鈴が、涼しげな音をチリンと鳴らした。

「リチャードはこの家について、なにか言っていたでしょう」

日本に来たのは初めてのはずだ。初めての一般的な民家に足を踏み入れ、さぞかし驚いたことだろう。想像しただけで笑みが零れてくる。

「感心していた」

「感心？　小さくてびっくりしたの間違いじゃないの？」

「いや、古そうなのに、きちんと手入れされていて、住んでいた人のぬくもりを感じると言っていた」

「リチャードがそんなことを……？」

意外だと思いながら振り向くと、思っていたよりも近くにアーサーが立っていた。そっと抱きしめられて、厚い胸に時広は頭を傾ける。大きな手で背中を撫でられると、安心感が体いっぱいに広がった。

「トキ、あらためて謝らせてくれるか？　私のためを思ってリチャードと親しくしようとしていた君の気持ちを、受け止められなくてすまなかった」

「アーサー、悪いのは僕だから……」

反論しようとした時広の口に、アーサーの人差し指が当てられた。

「とりあえず、私の話を聞いてくれ。リチャードはたしかに弟同然の従弟だ。でも、私という人間を理解してくれないのであれば、それはそれで仕方がないと最初から諦めていた。同性愛を生理的に受け付けることができない人間は、悲しいけれど存在しているからね。無理に理解を求める行為は、リチャードの人間性を非難することにもなりかねない。そう思って、あえて私は彼になにもアプローチしてこなかった。だが君は積極的にリチャードと話し合おうとした」

「出すぎた真似をしてごめんなさい」

まずアーサーの話を聞こうとしたが、時広は黙っていられなくて口を開いてしまった。

「いや、いいんだ。トキの愛情の示し方にこうした選択肢があることを、私は憂《うれ》いているわけではない。むしろ君の気高い精神性に感服するほどだ。物事がすべて理性的な話し合いで解決できるわけではないと知っているが、解決に近づくことができるのは知っている。私はその努力を怠ってきた。リチャードは聡明な男だ。愚かな人間ではない。君よりも私のほうがそれをよく知っていたはずなのに、最初から諦めていた。私が真実の愚か者だったということだ。君は根気強く彼の相手をしてくれたんだね。突然日本へ帰国してしまったトキを心配するリチャードは、すっかり私たちの仲を許容するようになっていた。君の味方になるとまで言った。ありがとう。リチャードを変えたのはトキだ。私は君を誇りに思うよ。トキは私の恋人だが、私の半身であり、光でもある。こうしてふたたび抱きしめることができて、本当に嬉しい」

誇り？　光？　それは言いすぎでは——とアーサーの表現に疑問符が浮かんだけれど、すべて愛の言葉だと思い、時広は受け止めることにした。

「アーサー、僕の話も聞いてくれる？」

「もちろんだ」

「僕は自分勝手だった。さっきも言ったけど、リチャードについて、出すぎた真似をしてしまったと反省している。リチャードはアーサーの親戚だ。いくら恋人でも、口出ししてはいけない領域はあるんだと思う」

「だからそれは――」

今度は時広がアーサーの口に人差し指で封をする番だ。

「聞いて。大智に事情を話したんだ。ハリーにも弟がいて、アーサーと似たような状況になっているそうなんだ。ハリーとは会社で顔見知りなんだよね？　そういう話は聞いたことがある？」

「ちらっとだけ」

アーサーが神妙な顔で頷く。

「ハリーはカミングアウトしたときから、弟とは疎遠になっているみたい。もう何年も会っていないって。でも、黙って遠くで見守ってくれているだけでいいと……」

その当時にどれほどの葛藤があったのか、時広には想像することしかできない。けれど穏やかな笑顔を浮かべている今のハリーの中では、すでに消化されているのが感じられた。

「ハリーと大智が恋人関係になっていることは、わかった？」

「一目でわかった。まさかダイチがハリーとカップルになるとは思わなかったから、正直、すごく驚いた。ダイチはゲイじゃなかったはずだ。どうしてこんなことになったのか、直接話を聞きたいくらいだな」

「そんなに驚いているようには見えなかったよ。すごく冷静に挨拶していたね」

「内心ではびっくりしていたが、とりあえずトキを抱きしめたかったから、二人の経緯を聞くのは後日でいいと思っただけだ」

自分のことを最優先にしてくれた恋人に、時広はたっぷりと愛情をこめたまなざしで見つめた。

「大智に誘われて夜釣りに行ったんだけど、ハリーがとても大智を好きなのが伝わってきて、大智もまんざらじゃない様子で、さんざんあてられちゃった。すごく羨ましくて、アーサーに会いたくてたまらなくなっていたところだったんだ。来てくれて、本当にありがとう」

またぎゅっと抱きしめられて、時広もアーサーを抱き返す。

「大智がハリーの弟について語ってくれたとき、僕はやりすぎたんだと猛烈に反省したんだ。アーサーが望まないことを、僕はしてはいけなかった。たまたまリチャードが僕の存在を受け入れてくれたからよかったけれど、もし失敗していたら、最悪の状況を作り出してしまっていたかもしれない」

時広が原因で、もしアーサーとリチャードの仲が修復不可能なほど悪くなっていたら、どんなふうに責任を取ればいいのか。今冷静に考えてみると、恐ろしい。

「僕はアーサーのために、って言いながらも自分のためにリチャードと親しくなろうとしていた。認めてもらいたかった。アーサーの親戚に、僕という恋人を――」

「トキ、トキ……」

自分勝手だったおのれを責めて俯いた時広の頬に、アーサーが手を添えて上を向けさせる。

「君は悪くない。自分を責めないでくれ」

「僕が悪いんだ」

「いや、私が悪い」

「アーサーは悪くないって」

「君こそ悪くない。すべて私のせいだ」

「アーサーのせいじゃないってば」

おたがいに自分が悪いと言いあっていても、いつまでも交わらずに平行線だ。ほぼ同時にふっと息をつき、視線を合わせて、苦笑を零す。

「二人とも譲らないようだから、二人が同じくらいに悪かったということにしておこうか」

仕方がないので、アーサーの妥協案に乗っかることにした。でもやはり、アーサーは本人が主張するほどには悪いと思えない。悪いのは自分だ。

不服が顔に出たのか、アーサーに宥めるようにして頬を撫でられた。

「リチャードに聞いたよ。ストレスで脱毛症になっていたらしいね」

気遣わしげに顔を覗きこまれて、ああやっぱりバレたか、と観念して目を閉じる。

口止めしていたが、喋ってしまったリチャードを責めるつもりはない。時広が勝手に帰国してしまったきっかけがリチャードとのあいだにあった秘密――アンダーヘアの十円ハゲ――だったわけだから、不貞の疑いを晴らすためにアーサーに話したのだろう。

「黙っていてごめんなさい。脱毛症になった原因はたぶんリチャードのことだから、アーサーに話したら二度と彼に会うなと言われそうで、なかなか打ち明けられなかった。アーサーには秘密にしてほしいと、僕がリチャードにお願いしたんだ。彼を責めないでほしい」

「責めてはいない。君が秘密を作ってしまったのは、私の態度のせいだね？　たしかに、私は脱毛症を告白されていたらリチャードとの面会を禁止したに違いない。君がストレスを感じているなら、私はきっと全力で原因を取り除くことしか考えなかっただろう……」

アーサーは憂いをこめたため息をついた。

「エミーとリチャードに言われた。もっと大きな器でトキを受け止めろと。過保護と過干渉はほどほどにしろと。私は君を縛りつけているか？　息苦しいか？　ああ、NYでの生活費についての暴言は本心じゃない。あのとき、リチャードと君がとても親しく見えてしまって、嫉妬のあまり頭に血が上っていたんだ。すまない、本当にすまない――」

時広を抱きしめたまま、アーサーは力なく畳に座りこむ。

「私の仕事の都合で、なんの生活基盤もないNYにトキを連れてきたのは、私のエゴだ。私が離れたくなかったから、ついてきてもらったのだから、私が生活の面倒を見るのは当然であって、微塵《みじん》も君に責任はない。どうしてあんな暴言を吐いたのか、自分でも自分が信じられないんだ。あのときの私を殴ってやりたい……」

畳に土下座しかねないくらい蹲《うずくま》ろうとするアーサーを、時広はさせまいとして抱きとめた。

「アーサー、アーサー」

「私を許してくれ。怒っていてもいい。ただほんの少しでもいいから許すと言ってくれないか。そうでないと、私は……」

「アーサー……僕は怒っていないよ。あんなことを言わせてしまうところまで追いつめたのは僕だ。僕がリチャードとのあいだに秘密を作ったから。こっちこそ、ごめんなさい。もう二度と、秘密は作らない」

上体を起こさせ、琥珀色の瞳を見つめて、時広は誓うように右手を胸に当ててみせた。するとアーサーも右手を自分の胸に当てる。

「私も君に宣言しよう。二度と暴言は吐かない。君を傷つけるような疑いは抱かない。なにか心に引っかかることがあったら、話をしよう」

「そうだね、話をしよう。僕たちには言葉があるんだから、使わないとダメだよね」

アーサーがやっと唇に微笑みを浮かべてくれた。ホッとして、時広も笑顔になる。まるで初めてのキスのように、アーサーがこわごわと顔を寄せてきた。静かに目を閉じると、あたたかくて柔らかなものが唇に触れた。

誓いのキスのように、とても神聖なものに感じた。

ここは実家の座敷でチャペルではないけれど、仏間のすぐ隣であって神の御前ではないけれど、二人にとって大切な誓いのキスだった。これからも、二人でともに歩んでいくための。

「ところで、リチャードはなぜ君の脱毛症を知ったんだ？　偶然見たとかなんとか、言っていたが……その……見せたのか？」

アーサーの視線が時広の股間へ注がれる。

「見せるわけがないじゃない。リチャードが部屋に来ていたときに、僕がうっかり薬缶の湯を零してしまって服にかかったんだ。火傷の応急処置としてバスルームで服を着たままシャワーを浴びて着替えようとしていたときに、僕自身まったく気づいていなかったハゲをここに見つけて」

時広が自分の股間に手を置くと、アーサーがさらにまじまじと見つめてくる。

「びっくりしてバスタブの中で転んじゃって。わりと大きな音がしたものだから、リチャードが様子を見に来てくれたんだ。当然、僕は全裸だったから、まあ、裸を見られて、ここのハゲも見られたって感じで」

ざっと説明しただけだが状況はわかってくれただろう。アーサーは眉間《みけん》に皺を寄せ、ぐっと唇を引き結んでいる。わざとではないが、恋人の全裸を自分以外の男に見られたことに引っかかっているのだろう。

「でもほら、リチャードはゲイじゃないし、男の裸なんて見てもたいしたことじゃない。僕がちょっと恥ずかしかっただけだ。転んだのはもちろん僕のミスであって、リチャードは心配してバスルームに入ってきただけだから」

わざとじゃない、と何度も繰り返したが、アーサーの眉間の皺は深くなる一方で、なかなか元の表情に戻ってくれない。

「トキ」

「はい」

「そのハゲというものを、私にも見せてくれるか?」

「えっ……」

「私には見せられないと言うのか」

アーサーが憤りをたたえた目で見つめてきた。慌てて両手を振り回す。

「いや、見せられないわけじゃなくて、その、もう見れないというか――」

「治ったのか?」

「たぶん治っていないけど」

「たぶん?　どういうことだ?」

「剃ってしまったから」

アーサーが愕然とした顔を向けてくる。「オーマイガー…」と口の中で呟いたのが聞こえた。なぜそれほど衝撃を受けているのか、時広にはわからない。

「十円ハゲがみっともないって大智に相談したら、夏なんだし、いっそのこと全部剃ってしまえばいいんじゃないか、とアドバイスをもらって……」

「自分で剃ったのか?」

「もちろん自分だよ。誰に剃ってもらうんだ?」

「そうか、剃った……自分で……」

「剃ってはいけなかった?」

そういえばアーサーはアンダーヘアを処理していない。適当にカットはしているらしいが、時広のヘアについて言及してきたことはなく、とくにこだわりはないと思っていた。恋人にも自然な状態を望んでいるのなら、時広は余計なことをしてしまったわけだ。

「あの、アーサー、勝手に剃ってしまってごめんなさい。一カ月か二カ月したら、元の状態に戻ると思うから、許してくれる?」

「ハゲは?　ヘアが伸びてきたとき、ハゲは残っているのか?」

「それは……わからないけど……」

「……そうだろうな……」

アーサーはがくりと肩を落としている。どうやら時広の十円ハゲを見てみたかったようだ。

リチャードだけが目撃していることへの対抗心かもしれない――と、なんとなく察せられはするが、腑《ふ》に落ちないものがある。

円形にヘアがハゲているのを発見したとき、時広は半ばパニックになった。ショックだった。ストーカー事件のときでさえ円形脱毛症にはならなかったのに、ストレスの種類によって心身へのダメージは変わるらしいと学んだ。

時広にとっては重大事件だった十円ハゲ。アーサーにとってはそうでもなかったようだ。見られなくて落胆するなんて。

(ものすごく悩んだのに、損した気分だ……。アーサーに殴られたリチャードには、本当に申し訳なかったな)

時広は脱力して天井を仰ぐ。気が弛んできたら、暑さがどんどん気になりだした。ちゃぶ台の向こう側に扇風機が置いてある。あれのスイッチを入れたいなと腰を上げようとしたとき、

「トキ」とアーサーが呼んだ。

「なに?」

冷蔵庫に冷たいお茶が入っている。その前にシャワーで汗を流したほうがいいかもしれない。二人とも汗だくだ。時広は夜釣りに行く前に風呂に入ったが、もう十二時間以上もたっているのでぽちぽち肌のべたつきが気になり始めている。

「見せてくれないか」

「なにが？」

「股間を」

「は？」

真っ昼間に耳にする機会が少ない単語をはっきりと発音されて、時広はぽかんと口を開けて硬直した。

「剃った股間を見てみたい」

言っていることは間抜けなのだが、アーサーの目は真剣そのものだ。

「十円ハゲを見られないのは仕方がない。涙を呑んで諦めよう。しかし無毛の股間は今ここにあるわけだ。ぜひ私に見せてほしい。トキの無毛の股間がどういうものなのか、この目で確かめたい」

「ちょっ、ちょっと待って、アーサー、今ここで？　こんな時間に？」

「もちろんだ」

時広は開け放たれて網戸になっている窓と、廊下を見遣る。家の中は二人きりだけれど、ここで下半身を剥《む》き出しにするのは抵抗がある。そういえば、この家でアーサーと抱きあったことはなかった。

「見るだけだ」

「本当に見るだけ？」

「……努力する」

アーサーの息がもう乱れているように思うのは、気のせいだろうか。

リチャードの件で諍いをし、ベッドを別にしてからセックスレスになっていた。こんなに長いあいだ、セックスレスだったことはなかった。もともと性欲が弱い時広にとってはたいしたレス期間ではなかったが、アーサーはどうだったのだろうか。今どのくらいの欲求不満を抱えているのか想像がつかない。

見るだけですまないとしたら、こんなところで真っ昼間にセックスすることになってしまう。努力する、という答えがもう我慢できそうにないと告白しているようなものだ。

「トキ、見せてほしい」

懇願してくるアーサーを拒めるわけがない。ヘアを処理した股間のなにが面白いのかわからないが、どうしても見たいと言ってじょじょに鼻息を荒くしているアーサーを変態呼ばわりはできない。

仕方がないので、時広は膝立ちになり、アーサーの前でベルトを外した。コットンパンツのボタンを外し、ファスナーを下げる。

「今は、見るだけだよ」

念を押してから、おずおずとパンツを下ろした。下着も合わせて下ろしてしまえば、つるりと無毛の股間が露《あら》わになる。アーサーの視線が痛いほど注がれてきて、時広はカッと顔に血を上らせた。

「ア、アーサー…っ」

凝視しているアーサーがしだいに股間に顔を近づけてくるので、時広は腰を引いた。

「あの艶やかな黒いヘアが私は好きだったのだが、無毛なのも……また別の趣《おもむき》があっていいな……」

「トキ、きれいに剃れている。見慣れていたトキのペニスではないようだ」

感心したような吐息が股間にかかり、時広はびくっと腰を震わせてしまう。緊張していると、些細な刺激でも意識してしまうものだ。自覚していなかったが、時広の体は欲求不満だったのかもしれない。

「私の息に感じた？」

「か、感じてなんか、ない」

「そうか？」

アーサーが今度はわざと、ふうっと息を吹きかけてきた。

「あ……」

むくり、と時広の性器が膨らんだ。「嘘…」と小声で呟いた時広を、アーサーがちらりと見上げてくる。

「触ってもいいか？」

「ダメっ」

「このくらい、そのうちおさまるから」

下着を上げて股間を隠そうとした手を、アーサーが「まだ動かないで」と止めてくる。

「まだ見ている最中だ」

「もう終わりにしてよ」

恥ずかしすぎて涙目になっている時広に、恋人はにっこりと微笑みかけてくる。

「まだだ。君の体を見ることができなかった日数分、じっくりと観賞したい」

それはいったい何分見つめたいと要求しているのか。具体的に時間を聞いたら、途方もない長さを口にしそうで、時広は眩暈を覚えた。

「これは、罰なの？」

きっとそうに違いない。

「僕が勝手に自分の部屋で寝るようになったことを、怒っているんでしょう？　あれがきっかけでセックスレスになったから、僕に罰を与えようとしている？」

「そんなことは考えていない」

「嘘だ。アーサーは僕を責めている。やっぱり許してくれてないんだ……」

涙がこみ上げてきて、ぐすっと洟《はな》をすすった。

「トキ……」

アーサーが慌てて、目尻に滲んだ涙を指で拭いてくれた。

「私が君に罰など与えるわけがないだろう。さっき、おたがいに悪かったと話がついたばかりじゃないか。これは私への褒美だ」

「…………え？」

「だから褒美だ」

意味がわからなくて首を傾げる時広に、アーサーはまたもや大真面目に訴えてきた。

「最愛の君と諍いを起こして実家に帰られてしまいながらも、私はエミーに監視されつつ仕事を全うし、できるだけ急いで海を越えてきた。寛容な君に許されて、こうしてふたたび抱きしめることができたわけだが、いろいろと我慢した果てに少しくらい褒美があってもいいだろう？　君を悲しませておきながら贅沢だと思うが、ほんのひととき目の保養をしても罰は当たらないと思う」

「…………つまり、僕の股間を眺めるのは、アーサーにとって目の保養であり、褒美になる……ってこと？」

「そのとおりだ」

はっきりと頷かれ、時広はまた軽い眩暈に襲われた。

頭脳明晰、容姿端麗、しかも富裕層という一見パーフェクトな男であるアーサーはしかし、生涯の伴侶に自分を選ぶだけあって、少しおかしい――と時広は内心でため息をつく。だからといってアーサーを嫌いになるわけもなく、唖然としながらも、むしろ愛しさが募った。

「まだ見たいの？」

「見たい。いつまでも見ていたいくらいだ。私が君の体に飽きることなどない」

「アーサー……」

熱っぽいセリフに、時広の中で官能の炎が秘かにともった。

こんな貧弱な体なのに、アーサーは見るだけで褒美になると言ってくれたのだ。それならば、多少恥ずかしくとも、見たいだけ見せてあげたい、と思ってしまう。時広は羞恥心さえ我慢すればいいのだ。

半勃ちしたあとに萎えていた性器が、じわじわと熱を孕み始める。まだ触れられていないのに、アーサーを愛しいと思う気持ちだけで勃起した。場所なんてどうでもいい。アーサーに抱かれたい、気を失うまで奥深くを穿《うが》たれたいと、渇きを覚えた。

アーサーに出会うまで性的な経験が皆無で、性欲も薄かった時広なのに、毎日のように求められていたせいで、ここ数日間の禁欲生活は時広を欲求不満にしていた。自覚がなかっただけで、カラカラに渇いていたのだ。

「トキ、勃起している……。私とセックスしたい？」

うん、と時広は頷き、畳に尻をつくと両足からパンツと下着を抜き取った。ドキドキと心臓を激しく暴れさせながら、アーサーの前で脚を開いた。琥珀色の瞳が無毛の股間に釘付《くぎづ》けになっている。見られている――と実感すればするほど、時広の性器は痛いくらいに張り詰めた。

「アーサー、気がすむまで、見ていいよ」

なぜだか囁き声になってしまった。アーサーの喉がごくりと鳴る。

「さ、触っても……？」

「いいよ」

「ああ、トキ……！」

いきなり股間に顔を埋めてきたアーサーの頭を抱えるようにして、時広は背中を丸める。

「ああっ！」

ひさしぶりに感じるアーサーの舌は、とても熱かった。栗色の髪を両手でかき混ぜながら、時広は激しい快感に身悶える。最初からそんなに激しくされたら、あっというまにいってしまう、と訴える暇もなく、時広は達してしまった。

「あ、あ、あ……っ」

がくがくと腰を震わせてアーサーの口腔に体液を迸らせる。喉を鳴らして飲み干したアーサーは、顔を上げると獰猛《どうもう》な獣のような目付きになっていた。わずかな恐れと、それを上回る期待感に、時広は背中を震わせた。

「トキ、後ろを向いて」

アーサーの指示に従って背中を向け、尻を突き出すようなポーズをとる。尻の谷間を広げられ、そこにキスをされた。

「あ、んっ」

愛撫に慣れたそこは、ほんのわずかな刺激でも緩く綻ぶようになってしまっている。唾液で湿らされて指を挿入されたときには、快感のあまり時広はすすり泣くような声を漏らしていた。

「トキ、痛みはないか?」

「ない、ないから……」

もっとしてほしい――。

ひさしぶりだったが、そこは愛撫に飢えていたらしく、アーサーの指を食《は》むようにして蠢《うごめ》いている。粘膜のどこをどう擦られても気持ちよかった。

「ああ、トキ、そんなに尻を振ったらいけない。煽情的すぎる。それに、私はもうそろそろ我慢の限界だ……」

ぬるりと指が抜けていった。愛撫を求めて時広が背後を振り返れば、膝立ちになったアーサーが自身の前を寛げようとしているところだった。股間部分の布地を内側から盛り上げているのは、間違いなく性器だろう。

もう何度も触ったことがあるアーサーの屹立《きつりつ》。その長さと太さ、硬さをまざまざと思い出すと、興奮のあまり視界がぼうっと霞《かす》んだ。無意識のうちに舌なめずりをしていたようだ。時広の表情を見て、アーサーが思わずといった感じで手を止める。ボタンとファスナーが開き、そこから下着が覗いている中途半端な下半身に引き寄せられるように、時広は体の向きを変えてそこに顔を寄せた。

「トキ、してくれるのか?」

期待に掠《かす》れるアーサーの声に、ちらりと視線を向けて応え、時広は下着の上からキスをした。先端部分が当たっていると思われる場所が、内側からじわりと濡れていく。そこに吸いつくと、覚えのある味が舌に広がった。

「ああ、トキ……」

頭にアーサーの両手が置かれた。さっき時広がしたように、髪をくしゃりと乱される。アーサーが愛撫に感じてくれている証拠のようで、時広は嬉しかった。

下着をわざと濡らすようにして舌を這わせたあと、歯で生地を噛み、ゆっくりと引き下ろしていく。飛び出した性器に頬を叩かれ、笑みが漏れた。

「元気だね……」

「トキが欲しくてたまらないからだよ」

「僕も欲しい……」

あーん、と口を開き、時広は性器の先端部分を口に含んだ。丸い亀頭は時広の小さな口では含むだけで精一杯になる。舌を使いながら、幹の部分は手で上下に擦った。

「ああ、トキ……素晴らしい……とても上手だ」

熱い吐息に励まされて時広はさらに激しく舌と手を動かす。さっきしてもらったように、このまま体液を飲んでしまいたかったが、アーサーに顔を上げるよう促された。

「飲ませてくれないの？」

「それはまた今度だ。今は君と体を繋ぎたい」

アーサーは服を脱ぎ捨てて全裸になると畳の上に胡坐《あぐら》をかいた。時広はアーサーに向かいあって抱っこされる体勢になった。両脚を広げてアーサーの腰を跨《また》ぐことになる。臍《へそ》につくほど反り返っている立派な性器が、時広の貧弱な性器と触れあった。腰を左右に振れば性器が擦れて気持ちがいい。

「トキ、悪戯《いたずら》はしないでくれ。ひさしぶりだから優しくしたいのに、乱暴にしてしまいそうになる」

苦しそうに顔を歪めるアーサーに、胸がきゅんとなる。先走りの液でぬるぬるになっているアーサーの性器を掴み、くびれの部分を弄ってみた。アーサーがますます苦悶を浮かべ、喉の奥で呻く。

「トキ、本当に、そういうことは……」

「気持ちいい？」

「いいから困る」

はあ、とアーサーが熱を逃がそうとするかのように息をついた。

時広はぼうっと霞む目で、愛する男が滲ませる官能の色を見つめる。自分はどうかしてしまったのだろうか。羞恥心は相変わらずあるのに、アーサーが欲しくて欲しくてたまらない。こんな場所で、こんな時間に、みずから腰を振るなんてはしたないことをした。

でも——。

「アーサー、ねえ、早く……」

「トキ、急がないで。なにかジェルの替わりになるものはないか？」

「大丈夫だよ。ゆっくり……ゆっくり入れてくれれば」

アーサーにとって苦行に等しい行為を、そうと知らずに要求する。眉間に皺を寄せたアーサーだが、結局は時広の求めを拒まなかった。当然だ。アーサーもしたいのだから。

アーサーの逞しい首に縋りつき、尻を持ち上げる。ウエストを支えてもらいながら、天を向いている屹立の上に、ゆるゆると体を下ろしていった。

「あ……おおきい……」

狭い場所をこじ開けるようにして、灼熱の強直が入ってくる。時広がわずかでも痛みを訴えるとアーサーは静止してくれた。いつもの倍以上の時間をかけて体を繋げていく。しっかりと根元まで時広の中におさまったときには、二人とも汗だくになっていた。

アーサーの肩に頭をもたせ掛け、時広は体いっぱいに入っている、愛する男のものの鼓動を味わう。

またセックスできてよかった。許してもらえてよかった。また愛しあえてよかった――。

そう思うと、自然と涙がこみ上げてきた。

「泣いているのか、トキ?」

「うん……」

「痛い?」

「違う。ただ、嬉しいだけ……」

汗が流れ落ちている筋張った首筋に、時広は頬を寄せる。アーサーの匂いを肺いっぱいに吸いこんだ。どこもかしこもアーサーで満たし、時広はこの幸福に酔う。

「私も嬉しいよ。こうしてふたたび君を抱くことができて」

「アーサー……」

「ふふ……二人とも汗がすごい。あとで一緒にシャワーを浴びようか」

「うん……」

「洗ってあげよう。君の外も中も全部」

体の中を奥まで洗われる場面を想像して、時広は耳まで赤くなった。今まで何度も洗われてきたが、ほとんどの場合、それだけではすまされない。強直で擦られて抉られて敏感になっている場所に、指を入れられて体液をかき出されるのだ。今アーサーの分身で隙間なく埋められているところを——。

きゅんと切なく粘膜が収縮し、時広は喘いだ。アーサーの背中の筋肉が瞬間的に緊張し、硬くなったのがわかる。

「トキ、だから悪戯はしないでくれと……」

「わざとじゃない」

粘膜が勝手に蠢くのだ。経験に基づくリアルな想像がそうさせてしまう。時広の体を気遣って動かないでいてくれるのはわかるが、もう動いてほしかった。じりじりと内側からアーサーの熱に炙《あぶ》られるような感覚が辛い。

「アーサー……もう大丈夫だから、動いてよ……」

そうでないと、時広ははしたなく腰を振ることになってしまう。アーサーの上に乗って淫らに動いたことがないわけではないが、暗い寝室のベッドの上でならまだしも、ここではそんなふうに振る舞いたくない。

「ねえ、動いて」

「本当に大丈夫か？」

「早く……」

我慢できなくなってきて、時広はわずかに尻を揺すった。とたんに擦れた粘膜から蕩けるような快感が湧き起こる。アーサーの首に縋りついて、時広は切なく呻いた。

「あ、いい……、アーサー……もっと……おねがい……」

懇願するように耳に口を寄せて囁く。

アーサーが舌打ちした。同時に時広の小さな尻を両手で鷲掴みにし、激しく上下に揺さぶり始める。いきなり強烈な快感に襲われて、時広は声もなくのけ反った。飢えていた体は貪欲に与えられる快楽を吸収し、あっというまに絶頂へと駆け上がる。

「あ、あ、あ、あ、あー……っ！」

頭が真っ白になるほどの快感の中、時広は自身の腹に白濁を散らした。その数瞬後に体の奥深くでアーサーが弾けるのがわかる。大量の熱い飛沫が粘膜を濡らす感触に、時広は悶えた。さらにそれを塗りこむようにして萎えない屹立が動いている。

「トキ……ああ、素晴らしい……」

感じ入ったアーサーの声にも、時広は背中を震わせた。快感の残滓《ざんし》をゆったりと楽しみながら、くちづける。アーサーの肉厚の舌が口腔に入ってくるのが嬉しくて、時広はそれを甘噛みしたり吸ったりした。

「ん、ん、ふふ……、んっ……」

体を離さないまま、飽きずにキスをする。こうしていることが、とても自然に思えた。時広にはアーサーが必要なのだ。魂に近いところで、アーサーを欲している。アーサーもそうであればいいと、深いキスにうっとりと目を閉じながら願った。

「あ、んっ……、ああ……」

「トキ……」

そう時を置かずに、アーサーがふたたび下から突き上げてきた。中出しされた体液が淫らな水音をたてる。いつしか時広も大胆に腰を振っていた。そうすると、たまらなく感じるとわかったからだ。終わったあと、冷静になってから行為を思い出して、羞恥のあまりのたうち回るかもしれない。けれど今は、そうせずにはいられなかった。

「トキ、トキ、愛している。君は私のすべてだ……」

何度目かの絶頂のあと、朦朧《もうろう》としている時広にアーサーがもう何十回、何百回となく聞いた愛の言葉を捧げてきた。

何度聞いても、飽きることはない。聞くたびに、時広は嬉しく思い、「僕も」と返す。

「アーサー……愛してる……」

「君だけだ、私には君だけ」

琥珀色の瞳が潤んでいるように見えた。

「トキ、ずっと一緒に生きていこう」

うん、と頷いて抱きしめあう。

おたがいがいれば、ほかになにもいらない。これが愛なんだ――。時広も瞳を潤ませながら、しみじみと愛する男を見つめた。

「いろいろと心配をかけてしまったようで、申し訳なかった。それと、トキが世話になった」

翌日、新宿《しんじゅく》のホテルのティーラウンジで一同は顔を合わせた。

今朝になって坪内家から移動してきたアーサーと時広、ホテルに泊まったリチャード、そして大智とハリーの五人だ。

あらためてアーサーが頭を下げると、大智は笑って「たいしたことはしていないよ」と相変わらず人のよさそうな顔でぱたぱたと手を振る。その横で微笑んでいるハリーにも、短く謝意を告げた。

「ハリーも、ありがとう」

「いいえ。珍しいものを見せてもらったので、楽しかったですよ」

「珍しいものって？」

アーサーはピンときたが、意味がわからないらしい大智が無邪気な目でハリーに訊ねる。

「ハリー、答えなくていい」

「アーサーの動揺した様子のことです、ダイチ」

「ハリー、余計なことは言うな」

「いつも泰然自若《たいぜんじじゃく》としているアーサーしか、私は知りませんでした。それがトキの前で弱々しい声を出し、誰にも獲られないようにと必死で抱きしめ、許しを請うなんて――」

「ハリー、いい加減にしろ」

シロクマ・ハリーはいつからこんなにお喋りになったのか。フランクの秘書としてはとても有能で、明るい性格だが軽いわけではなく、押さえるところは押さえ、線を引くところは線を引く、有能で常識的な男だと思っていた。

しかしそうではなかったようだ。付き合い始めたばかりの恋人・大智にデレデレと鼻の下を伸ばし、聞かれたことはなんでも話してしまう。おそらく大智の歓心を買うために。

調子に乗ったハリーはさらに「本気の恋とは、人をずいぶんと変えるものです」と偉そうに高説を垂れている。アーサーが胡乱な目になっていることに大智が先に気づき、ハリーに目配せしていたが、プライベートではとことん鈍くなってしまうのか、ハリーの滑らかな舌は止まらない。

時広には聞かれたくない話だ。今まで何度かダメな部分を見せてしまっているが、知り合う以前と比べられるのは面白くないし、困る。アーサーは時広を愛してずいぶんと変わった。時広もアーサーが愛するようになってから、いろいろな部分が変わってきた。おのれに自信が持てなかった卑屈なところが減ってきたし、その分、積極的に人と関われるようになっている。祐司という友人を作ったのもそうだし、リチャードと親しくなろうとしたのも、その一環だろう。

「私の知っているアーサーは……」

そろそろハリーのそのよく動く口を塞ぎにかからねば——と真剣に考え始めたとき、思わぬところから援護があった。

「ところで、トキの墓参りに、ダイチも同行するのか？」

リチャードが大智に話しかけた。大智の意識がリチャードに移り、ハリーは止む無く口を閉じる。

「一緒に行く予定ではないけど……。いつ行くんだ？」

大智が時広に訊ねた。当初の予定では、バカンスの最初の目的地はフロリダで、アーサーの両親に対面してから、北欧にある別荘に移動し、最後に日本に寄って墓参りしようと思っていた。盆の時期は過ぎるが、九月に入ってからのほうが日本の暑さが和らぐからだ。

計画が狂ってバカンスの最初に日本に来てしまったため、このまま墓参りに行こうか、と今朝話したばかりだった。

「明日にでも行こうかと思ってる。今日はちょっと、僕の体調が……」

時広が頬を赤くしながら俯くので、どんな理由で体調が思わしくないのか、この場にいる全員に察することができただろう。大智、ハリー、リチャードの三人三様の視線を受け、アーサーはふふんと得意げに笑ってみせた。

恋人が色疲れを滲ませていることほど、男の優越感を満たすものはない。

昨日、坪内家でさんざん愛しあったため、今朝の時広は足元がおぼつかないほどだった。もちろん、昨夜、時広の体をきれいに洗ったのはアーサーだ。腕の中でびくびくと体を震わせる時広は、最高にかわいらしく、最高に淫らだった。思い出すと舌なめずりしてしまいそうになる。

このホテルにはタクシーで乗りつけた。エントランスからティーラウンジまでは、当然、アーサーが手を引いた。ふらつく時広を、本当は抱き上げて運びたかったが、本人が「それだけは嫌だ」と拒むので仕方がなかった。

（今夜もたっぷりじっくりと愛してあげよう……）

まさか、自分があれほどまでに時広の無毛の股間に興奮するとは思ってもいなかったアーサーだ。過去の恋人たちの中で、アンダーヘアを処理している男は何人かいたが、昨日ほどには興奮しなかった。

いったいどうして、時広にはこうも我を忘れて求めてしまうのだろうか。

深く考えると怖い。もともと時広の性器はキッズサイズなのだが、アンダーヘアがなくなるとほとんど子供のような様相になってしまう。それにそそられたということは、自分は小児性愛者《ペドフィリア》なのか。

（いやいや、違うから。私はトキ以外にはもう食指《しょくし》は動かない。年端もいかない少年なら誰

でもOKという変態ではない。トキだからいいのだ。トキは実際には二十九歳。なんらおかしいことはない)

自分自身に言い聞かせる。

問題は、時広は小児性愛者のターゲットになる可能性があるということで、今後はますますアーサーが守ってあげなければならないだろう。

(トキは私だけのものだ)

リチャードが目撃したという円形脱毛症を見ることはできなかったが、無毛の股間を見たのはアーサーただ一人。剃り跡を丹念に舐めたら、時広はびくびくと腰を震わせて性器を勃たせていた。

(ああ、艶《なま》めかしい無毛の股間――)

めくるめく至福のときに意識がどっぷりと浸かりそうになったが、大智の声で現実に引き戻される。

「明日か……。明日は月曜日だから俺は普通に会社がある。二人で行っておいでよ。俺は別の日に行くよ」

「行ってくれるの？　ありがとう」

「あの家の管理を任されているわけだから、墓参りも行かなくちゃ」

「無理しなくていいからね。できることだけで」

「無理なんかしていないから」

時広と大智の微笑ましいやり取りを聞きながら、アーサーはリチャードに「グッジョブ」と心の中で親指を立てた。露骨だったが話題がきちんと変わった。

その後、時広と大智が内輪の話を始めたせいでハリーが置いてきぼりのようになってしまったところ、リチャードが釣りの話を振った。昨日、出かけていた三人が釣りに行った帰りだったと聞いていたようで、関東近辺ではなにが狙えるかとハリーが前のめりで解説を始めた。

リチャードがなかなか社交的なのを見て、アーサーは「大人になったな」と感心した。

大学進学のためにアーサーが実家を出たとき、リチャードはまだジュニアハイスクールに通う年齢だった。アーサーのカミングアウトに反発し、猛烈に怒っていたときの印象が強い。そのリチャードももう二十五歳だ。大学にだって性的マイノリティはいるだろう。いろいろな経験をして、少しずつ意識が変わっていったとしてもおかしくない。

いきなりNYに訪ねて来て、まるで変わっていない態度を取ったのは、もしかしてアーサーを試していたのかもしれない。アーサーは話し合いを放棄していた。その態度に反発していたとしたら、時広の対応が正しかったことになる。

現に、リチャードはアーサーと時広の関係を受け入れてくれた。子供は大人になる。

そしてアーサーも時広も、一歩ずつ成長し、前へ進んでいる。

初めての恋は本物の愛になり――これからどう変わっていくだろうか。

愛は愛として二人のあいだにきっといつまでもあるだろう。この燃え盛るような愛は、おそらく年月とともに穏やかに慈しむような愛に変わっていくのではないか。

（私の父と母のように――）

本人たちに告げたことはないが、アーサーにとって両親は理想のカップルだ。ケンカもするが基本的には仲がよく、子供たちのことを協力して育てていた。今は離れて住む息子と娘たちをそっと見守ってくれている。不測の事態に助けを求めたら、彼らは躊躇うことなく手を差し伸べてくれるだろう。

（ああ、早くトキを紹介したい）

きっと両親は時広を気に入ってくれるだろう。すでに写真は見せてある。時広は恋人の両親に紹介されるのは初めてで、「想像しただけで緊張する」と笑顔を強張らせていたが、アーサーとてこんなことは初めてだ。早くも心臓がドキドキとうるさい。

楽しみでもあり、恐ろしくもあるが、きっと大丈夫。

大智と談笑している時広の横顔を、アーサーは飽きることなく見つめた。ふと時広の視線がこちらに向く。

「なにを見ているの？」

「君を見ていたに決まっている」

照れたように目を伏せる時広は、この世の誰よりも可愛い。これが私の恋人だ、生涯の伴侶

だ、と大声で叫びまくりたいくらいだ。だがアーサーは分別のある大人の男なので、静かに微笑むにとどめたのだった。

◇◇◇

茹だるような暑さの中で墓参りをすませ、時広とアーサーはホテルに戻った。

坪内家に泊まったのは再会した日だけで、以降はリチャードが宿泊している新宿のホテルに移った。アーサーは「坪内家は趣があっていい」と言ってくれるが、一般的な日本の住居は長身の外国人にとって非常に使い辛いようで、鴨居に額をぶつけたのは一回だけでも、トイレも風呂場も窮屈そうだった。時広のほうから「ホテルに移ろう」と提案したのだ。

タクシーを降り、開放的で明るいエントランスロビーに入るやいなや、アーサーはひとつ息をついて「涼しい…」と呟いた。

「タクシーの中も冷房が効いていたじゃない」

「そうだけれど、ここのほうが空気がきれいだと思わないか」

たしかにそうだ。このホテルは新しいので空気清浄機がフル回転して清浄な冷たい空気を客に届けているのだろう。タクシー内の空気が悪かったというわけではないが。

「すぐに部屋に戻ってシャワーを浴びる？」

「そうだな、そうしようか。トキ、一緒にシャワーを——」

「もう、アーサーったらすぐに一緒にお風呂に入ろうって言うんだから」

ほんのりと顔を熱くしながら傍らのアーサーの腕をペチンと叩く。いつもならすぐに「他意はない」と真面目な顔で返してくるのに、なにも言ってこない。それどころか立ち止まっている。

時広が不審に思ってアーサーを見上げると、ぽかんと口を開けてどこかを見ていた。

「アーサー？」

視線をたどって時広も顔を向けていけば——そこにはリチャードがいた。エントランスロビーに置かれたソファに座って、誰かと談笑している。年配の外国人男女だった。夫婦だろうか。六十歳くらいと思われる二人は、ラフなシャツを着てソファに腰かけ、リラックスした体勢でリチャードと話をしている。

ふっと三人がこちらを振り返った。

「えっ……？」

ドキン、と心臓が跳ねたのは、その外国人夫婦の雰囲気に覚えがあるからだ。とてもよく似ている。リチャードとアーサーに。

「父さん、母さん」

唖然とした声でアーサーが呟いた。とたんに時広は全身をザッと緊張させ、やっぱり、と思いながら背筋を正す。

「どうしてこんなところにいるんですか？」

我に返ったらしいアーサーが慌てたようにソファに駆け寄った。時広もぎくしゃくとした足取りながら、ソファに近づいていく。

リチャードにそっくりな風貌をした男性が立ち上がり、アーサーとハグをした。座ったままの女性にも、アーサーは身を屈めてハグをする。こちらはアーサーと似ている。

「二人とも、なぜ日本に？」

「リチャードから、おまえがケンカした恋人を追いかけて日本へ行ったと聞いたから、私たちも来てみた。もし仲直りに時間がかかったら、いつまでたっても私たちはトキに会えないままだから」

「もう仲直りしました。二、三日中にはフロリダに向かおうと話し合っていたところだったんです」

アーサーがにこやかに返答しつつも、リチャードをちらりと睨んでいる。恋人とケンカしたことを両親に報告した従弟に思うところがあるようだ。リチャードはそ知らぬふりをして、通りすがりの女性ホテル従業員にウインクを飛ばしている。

「ところで、おまえの後ろにいるリスみたいな子が、恋人のトキかい？」

「紹介します。トキ、こっちに」

背中に腕を回され、時広はアーサーの父親の前に立たされた。心の準備はまだできていない。てっきり対面はフロリダに行ったときだと思っていたから。

「父さん、彼が私の恋人で、生涯の伴侶であることを誓いあった、トキヒロ・ツボイ。トキ、こっちは私の父で、ジョン。あっちが母のマリア」

「は、はじめまして、トキヒロ・ツボイです。トキと呼んでください」

すでにトキと呼ばれているようだったが、念押しのように言ってみた。ぎくしゃくと握手をして、自分の掌が汗ばんでいることに気づきプチパニックになった。

「すみません、汗かいてました」

焦って、掌をTシャツでごしごしと擦る。だが擦れば擦るほど、手汗がひどくなっていくような気がした。

「写真を見て思った以上に、かわいらしい人ね」

母親のマリアがころころと笑う。父親のジョンも笑いながら時広の緊張具合を指摘した。

「私たちは君を取って食うつもりはないよ」

「あ、はい、わかってます、はい」

クスクスとアーサーの両親に笑われ、時広はどうしていいかわからなくなる。アーサーに促されてソファに座り、今坪内家の墓参りに行っていたことを話した。

「まあ、こんなに暑い中、墓地に行ってきたの？」

「日本の夏がこんなに暑いとは思わなかったよ。びっくりした。気温はともかく湿度がね」

ジョンとマリアは口々に外は暑いと繰り返している。

「せっかく日本に来たのだから観光していこうと思っていたが、この暑さでは少し外を歩いただけで熱中症になってしまいそうだ」

残念そうに顔を見合わせている両親に、時広は「北海道《ほっかいどう》へ行ってはどうですか」と提案した。

「日本は南北に細長いので、北と南では気候が違います。北海道も夏はありますが、東京ほど暑くはなく、湿度も低いと思いますよ」

「あら、そんな場所があるの？　ジョン、行ってみましょうか」

「そうだね、せっかくだから行ってみようか」

両親の話がまとまりそうで、時広はホッとした。二人は日本に来たのは初めてのようで、嫌な印象を持たれたくなかったのだ。

「トキも一緒に行かない？」

マリアにいきなり手を握られて、時広は驚いた。とてもフレンドリーな性格らしいマリアは、アーサーそっくりの栗色の瞳で見つめてくる。

「あなたのこと、もっとよく知りたいわ」

「あ、はい」

思わず頷いてしまったら、アーサーが横から「ちょっと待ってください」と口を挟んできた。

「私たちは、あなたたちに挨拶したあと北欧へ避暑に行くつもりなんです。北海道は予定に入っていません」

「あら、バカンスの最初の一週間くらい、私たちとともに過ごしてくれてもいいんじゃないの？　ねえ、トキ。そう思わない？」

「思います」

　時広が断れるわけがない。なにせ、愛するアーサーの母親だ。深く考えずに了解したら、アーサーが隣で低く唸った。彼が時広と二人きりで過ごすバカンスを、すごく楽しみにしていたのはわかっている。でも断れないものは断れない。

「決まり。じゃあみんなで北海道に行きましょう」

「もしかして、俺もメンバーに入っているのか？」

　リチャードが自分を指さす。マリアは「当然でしょう」と朗らかに微笑んだ。

　仕方がないな、とアーサーがソファから立ち上がり、ホテルフロントへ向かう。おそらくコンシェルジュに頼んで、北海道行きの航空券を手配してもらうのだろう。

「トキ、あなたにやっと会うことができて、嬉しいわ」

　マリアが時広の手を握ったまま、内緒話のように囁いてきた。アーサーがカウンターを挟んでホテル従業員と話しているのを横目に見ながら、「僕もです」と答える。

「私たちに恋人を紹介するのは、初めてなのよ。あなたのことを、よほど大切に想っているのね。そういう人に巡り合えたアーサーは、幸せ者だわ」

　恋人の母親にそんなふうに言われて、時広はぐっと胸に迫るものを感じた。余計な緊張感がするりと肩から抜けていく。

「僕も、とても幸せ者です。アーサーに巡り合えた幸運を、毎日噛みしめています」

「息子のこと、よろしくね」

「……はい」

　涙ぐみそうになりながら、時広は頷いた。

「私からも頼むよ。アーサーをよろしく」

　父親のジョンにもそう言われて、我慢できずに時広の目から涙が溢れた。

「あーあ、トキを泣かせた。アーサーが怒るぜ」

　リチャードがからかうようにそう言った直後、戻ってきたアーサーが時広の様子に目を丸くした。

「トキ、どうした？　なぜ泣いている？　具合が悪いのか？」

　床に膝をつき、縋るようにして時広の顔を覗きこんでくる。

「違うよ……」

「じゃあどうして。もしかして、父か母にひどいことを言われたのか？　それともリチャードか？　なにをされた？」

「違う」

泣き笑いで時広が否定しても、アーサーのプチパニックはしばらく治まらなかった。優しい言葉をかけてもらえて嬉しくて泣いたのだと理解してくれるまで、多少の時間がかかった。

「驚かせないでくれよ」

「アーサーが勝手に俺たちを悪者にしたんだろうが。恋って恐ろしいな。判断力をとことん鈍くしてしまう。仕事でミスはしていないだろうな？」

リチャードがニヤニヤと笑いながらアーサーをからかう。

「するわけないだろ」

「本当に？」

「本当なんだろうな、アーサー」

「父さんまで疑うのか？　本当だ。なんなら秘書に聞いてみたらいい」

家族ならではの気安い会話を聞きながら、時広は目尻に滲んだ涙を指で拭いた。

航空チケットが取れました、とホテルのコンシェルジュが報告に来てくれるまで、ラザフォード家の面々と時広は、そこで賑やかに時を過ごしたのだった。

おわり

あとがき

こんにちは、またははじめまして、名倉和希です。この本はダリア文庫「アーサー・ラザフォード氏の遅すぎる初恋」と「アーサー・ラザフォード氏の甘やかな新婚生活」の続編です。が、この本だけでもじゅうぶん楽しめると思うので、「この本なんだろう?」と店先であとがきを先に読んでいる方はこのままレジまで持って行って精算して、最初からゆっくりじっくり読んでください。難しい話は一切ありません! 息抜きにぴったりです! 私が目指しているのは、仕事や家事、育児に多忙な皆様の、息抜きとしての楽しいBLラブコメでございます。

まさかの三冊目。出してもらえるとは思っていませんでした。アーサーシリーズ、と呼べることの喜びははかりしれません。ありがたいことです。今回、アーサーと時広は初めてケンカらしいケンカをしてしまいます。だからタイトルは「アーサー・ラザフォード氏の初めてのケンカ」にしても良いのではと主張してみたのですが、編集部的にはNGだったようで、通りませんでした。はい、当然です。

初登場のキャラは従弟のリチャード。アーサーをパーフェクトな男として崇拝している、弟同然の従弟です。まあ、離れて暮らしていると現実味が薄れて、理想像だけがどんどん膨らんでいくのはわかります。結局、わりとはやい段階でリチャードはアーサーがパーフェクトではないと悟り、時広の味方になっていきます。

でもまさか――ここからはネタバレになります――アーサーがパイパンフェチだったとは、夢にも思っていなかったでしょうね。アーサー本人すら知らなかった衝撃の事実です。しばらく執着は続くでしょう。まあ、時広がOKならば、こういうことは二人の問題なので好きにやってください、としか言えませんけど。

ハリーと大智のカプもちらっと登場します。この二人はこのままマイペースに愛を育んでいき、一年もすれば長年連れ添った老夫婦のように縁側でのんびりとお茶をするようなカプになりそうです。

今後、アーサーと時広のカプには、いったいどんな「初めて」があるでしょうか。続編希望という読者の方、ぜひ編集部にその思いをぶつけてください。そうすれば可能性は……あるかもしれません。たぶん。きっと。


実際には堤防に並んで座りそうですが。


今回も引き続き、逆月酒乱(さかづきしゅらん)さんにイラストをお願いしました。あいかわらずカッコいいアーサーと、可愛い時広、そして新キャラの生意気なリチャードを描いてくださいました。巻末のイラストもとっても良いです！

ありがとうございました。

あとがきを書いている現在、信州は桜の盛りです。今年は例年よりも開花が早く、このまま一気に春になるのかな？　と思っていたら寒さがぶり返し、ここ数日はストーブをつけています。でもさすがに発売日頃には片付けていると思います。私は冬のキンとした寒さが好きですが、春のふわふわした暖かさも良いですね。うっかり寝てしまいそうな陽気には困りますし、日に日に伸びてくる庭の雑草にも難儀しますけど、新緑の季節は目に優しくて、爽やかな風も好きです。これからの季節、信州は良いですよー。観光に来てくださいな。

今年はデビュー二十周年です。この本で六十五冊目。続けてこられたのは、読者の方々のおかげです。これからもあちらこちらで書いていく予定ですので、よろしくお願いします。

新刊情報や同人誌についてはツイッターやブログでお知らせしています。同人誌はほとんど商業本の番外編になっていますので、お気に入りの作品があったら、その番外編をチェックしてみてください。

それでは、またどこかでお会いしましょう。

名倉和希

ぱいぱん…!!
シリーズ3作目発売おめでとうございます!
新キャラ、リチャードの大型犬っぽい
ところがとても可愛く…トキの円形脱毛症も…
何て可愛いのかしらと…!
アーサーの気持ちが良くわかります…
またこの作品に携われて
彼等を描けて
とても嬉しかったです。
名倉和希先生、担当様
ありがとうございました!
Oh my God Toki!!!
NG

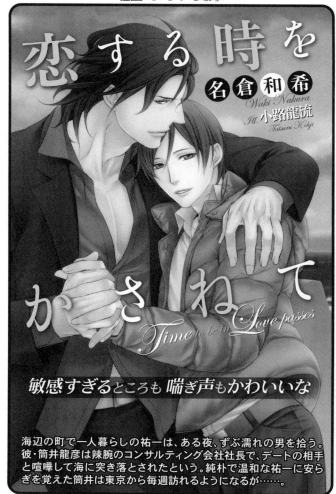

初出一覧

ダリア文庫をお買い上げいただきましてありがとうございます。
この本を読んでのご意見・ご感想・ファンレターをお待ちしております。

〒170-0013 東京都豊島区東池袋3-22-17 東池袋セントラルプレイス5F
(株)フロンティアワークス ダリア編集部
感想係、または「名倉和希先生」「逆月酒乱先生」係

この本のアンケートはコチラ!
http://www.fwinc.jp/daria/enq/
※アクセスの際にはパケット通信料が発生致します。

アーサー・ラザフォード氏の純真なる誓い

2018年5月20日 第一刷発行

著者
名倉和希

発行者
辻 政英
発行所
株式会社フロンティアワークス
〒170-0013 東京都豊島区東池袋3-22-17
東池袋セントラルプレイス5F
営業 TEL 03-5957-1030
編集 TEL 03-5957-1044
http://www.fwinc.jp/daria/
印刷所
中央精版印刷株式会社